从准噶尔的风中走过

●史晶 著

新疆生产建设兵团出版社

图书在版编目(CIP)数据

从准噶尔的风中走过 / 史晶著. -- 五家渠 : 新疆
生产建设兵团出版社,2021.6(2024.4重印)
ISBN 978-7-5574-1006-3

Ⅰ.①从… Ⅱ.①史… Ⅲ.①散文集—中国—当代
Ⅳ.①I267

中国版本图书馆CIP数据核字(2021)第114738号

从准噶尔的风中走过

出版发行	新疆生产建设兵团出版社
地　　址	新疆五家渠市迎宾路619号
邮　　编	831300
电　　话	0994-5677185
发　　行	0994-5677116
传　　真	0994-5677519
印　　刷	永清县晔盛亚胶印有限公司
开　　本	880毫米×1230毫米　1/32
印　　张	10
字　　数	170千字
版　　次	2021年6月第1版
印　　次	2024年4月第3次印刷
书　　号	ISBN 978-7-5574-1006-3
定　　价	46.80元

长风当歌(代序)

长风一场接一场跑过准噶尔盆地。天山如大鹏展开着双翅,准噶尔盆地就像它的左翅。这个中国第二大内陆盆地,拥有古尔班通古特沙漠。西风从缺口的山谷进入这里带来降水,长风吹过,许多事、许多人就在风中这样生长、转身、来不及说再见就告别。说过再见的就真不再见,说要忘记的就真的忘记了,说要记在心里却一转身早已找不见。唯有文字可以记录下那些不想忘记的事物。在文字里再走一遍准噶尔的山山水水,山水依旧,情感依旧,虽人已不是少年。

为赋新词强说愁,年轻的时候盼望着人至中年。那时喜欢"熬至滴水成珠"的感觉。等真到了中年,却依然很多问题没有答案,很多故事没有结局,很多的努力和收获都不成正比。没有而立没有不惑,更不想知天命,也不再奢望与人立黄昏,但我还是很相信那句话:念念不忘,必有回响。一路走来,看过的风景、遇过的人,有些在心中念念不忘,有些却惊鸿一现然后深埋记忆之中。

从入职第一天,我就被告知:既然选择了远方,就只能风雨兼程。脚下有泥,心中有光。记者的高光时刻,是永远在路上。从事媒体工作30年,我相信这些。一支笔写新闻,一支笔写文学。虔诚如我提笔如举剑,脚下有万水千山,笔下有烟火百态,心中有人间真情。认真地做人当记者,认真地写文字。一转眼,流年似水,不知谁在时光中雕刻我的模样,人已不似年少模样,也没有了年少的激情。只是对文字的执着一如既往。冷眼看光阴远去,细水长流,从熬至滴水成珠到袖手旁观,这也许就是一个中年人应有的心态,也许可以叫作从容。走进别人的故事,影响自己的人生,最美好的青春,碰过许多人,走过许多路,经历过许多事,留下真情谱成一段岁月的歌,我将这首真情的歌唱给我深爱的家乡。

人生如逆旅,无论繁华与孤寂,都是岁月的馈赠。现实中的孤独在文字里留下痕迹。文字是用来温暖人生的,我用素心素笔记下与万物的相遇。平生意写尽阑珊,夕阳染霜看黄花次第开遍。在一个清晨,我写下了一行字,将漂泊的思念写上素笺。这本书距我上一本散文集,已经过去了15年。说长不长,说短不短的日子里一些深深浅浅的感怀,这些文字记下的是一段岁月,记下的是我与生活的握手言和。

让风吹过,且听风吟。且以文字记流年,从准噶尔的风中走过,我长风当歌,用这些文字描摹准噶尔的美丽,记录下我的一段生命旅程。

今生,既然有文字温暖,就做个温暖的人吧。

目　录

浮生篇

陌上篇

生生不息

一

一大蓬干黄的风滚草火急火燎地在戈壁上跑来跑去,它黑黑的籽儿像蚂蚁一样撒落在沙土里。在戈壁沙漠里,能把籽儿搁到沙土里,对风滚草来说,是一辈子最重要的事情。

古尔班通古特沙漠边缘的风干热,对风滚草来说,这风却刚刚好,正好让它把种子一路撒匀,并扎下根。不知名的低低矮矮的戈壁植物,开着几朵鹅黄的小花,风鼓足了一口气,想把它吹走,却怎么也吹不走它。摘下一粒白刺的小浆果,暗红的汁液马上把我的嘴唇涂红了,酸中泛甜的味道,让它成为戈壁里的珍馐。沙拐枣粉红的果实像一

3

串串的铃铛,叮当作响,与风沙玩着游戏。阳光的味道很甜,好像要融化的砂糖。深吸一口,就会牙疼。在阳光里飞舞的小昆虫,嘤嘤嗡嗡。我似乎看见一只小小的白粉蝶从今年新长出的骆驼刺中仅有的一朵小粉花上飞过。

沙子排成队整齐地沿着风的轨迹前行。就像一个人拥有的时间,一点儿一点儿不紧不慢地从起点走向终点。沙子不知道它的终点在哪里,它只能看风的意愿。可是每个人都知道自己的终点在哪里,这一点,是人高明的地方。沙子行走的形态,跟时间行走的形态应该是一样的,只是上面留下了风的样子。当沙子走到最近的那座沙丘的时候,太阳也就回家了。这里很少见到人,人走过时都是很匆忙的。

留驻在这里的是可爱的小动物们。太阳回家的时候,它们就出来散步了,主要的任务是觅食。有没有月光的日子它们都可以尽情地挥霍。月光的银线陪着四脚蛇在玩耍。沙漠往后一点就是绿洲,穿过胡杨林和红柳丛,就能看到沙枣和榆树包围起来的村子。春天来得晚也不要紧,沙枣花的浓香和到处飞落的榆钱会把春天隆重地打扮起来。这里的春天虽然短却浓烈。以前这里没有人,站着的多是梭梭,现在梭梭把地方腾了出来。村子里的人越来越多,也就是过了50年的时间,村子已经像模像样了。

比人繁殖更快的应该还是榆树，一树一树的榆钱繁茂得吓人，一片片干了的榆钱把村子周围都占领了。第二年，满地都是嫩绿的小枝条，多得让人无法下脚。在新疆，有榆树的地方肯定有人烟。不管沙枣花多么不起眼，那股浓香却让谁也不能忽视它。世界上的花各种各样，无数的花里藏着无数的世界，一花一世界就如一个人就是一个世界。沙枣花的使命好像比别的戈壁植物要多一些，它负责在梦中芬芳那些离开故乡的人的寂寞的心。

生命本身是一个奇迹。在看似不可能生存的地方，总能发现生命的迹象。不管有没有适合的条件，万物总在默默地生长，生命总在不经意中延续。

青山常在，绿水长流，亘古永恒。

二

遇见是一个奇迹。

这世上总有什么会突然走进我的生命，让我觉得有什么是不一样的。

它们就是突然与我遇见的，一点征兆也没有。遇见以前，我正躺在胡杨树的阴影里，认真思考着为什么同一棵胡杨树会长三种不同的叶子。远远地有一群羊走过来，惊起了苦豆子白花上的一只小蓝蝶。羊是散漫的,牧羊人只是把羊圈的门打开,它们就自己走来了。牧羊人的事情很多,他需要在靠近沙漠的地方,种下西瓜和棉花。天空中,风却没有什么事情,所以它可以亲自放牧云朵,一会儿把云赶到东边,一会儿又赶到西边。这里是老龙河胡杨林景区,说是景区其实也没有认真地圈起来。附近的人在景区里种下南瓜、向日葵、西瓜和棉花。这里的干燥的气候和昼夜极大的温差,让老龙河的西瓜成为著名的品牌。

老龙河是准噶尔盆地中沙漠和戈壁的一个交界点,和下野地、莫索湾一线连下来。这里是胡杨的家,600年的时间让这些年轻的胡杨刚刚长成少年。胡杨生下来就注定与沙子为伴,铺天盖地的沙子中,只有胡杨。春之绿,夏之黄,秋之金,冬天就是树干千姿百态。胡杨没有太多的个性,它长得像杨又像柳还像银杏,叶片从上到下竟含有三种树叶的形态。生而不死一千年,死而不倒一千年,倒而不朽一千年,这是不是只是传说,我没有办法验证,但我每年都看到它交替苦寒与酷热,从枯寂的孤傲到金黄的浓烈。经过千万遍这样的流转,胡杨才能有颗高贵的心来傲对苍天。

对活了一亿年的树来说,发生什么样的奇迹都是可能的。

阳光穿过云层,云有点儿战栗,可能疼了一下。胡杨静默无声,胡杨不怕阳光刺痛。躺在胡杨下,可以听到茇茇草和骆驼刺的低语,风绕着叶子乱跑,沙子在悄悄爬行。

这是一个初夏的正午,我就这样躺着,听凭风和沙、阳光和时光从我身上爬过。有时会恍惚,我其实也是一棵胡杨。我到老龙河来,是为了享受最后的一缕沙枣花香,顺便放牧我的灵魂。这样的一个人的清欢好像有点奢侈,但却可以让我的身体放慢脚步,等一等我的灵魂。我是个愚钝的人,不会思考太深奥的事情,看见或不看见什么于我也没有什么意义。我喜欢发呆,因为总是有一草一木、一花一石让我研究,而且世界上总是有风月无边让我喜欢。我觉得这应该不算是什么缺点。

远一点的沙漠好像很热,热气在空中弥漫成了海市蜃楼,像海浪一样要到胡杨林这边来。近处的戈壁很空旷,最适合我放牧灵魂。梭梭和胡杨的后面,红柳开得正艳,紫红的花如红云、如火焰点燃了正午的戈壁。今年的雨水还不错,一丛丛不知名的小草已经探出了头,远看地面有了绿茸茸的意思。干热的空气中沙枣花的香气让人昏昏欲睡。春天来得有点晚,还有点急,仿佛一夜之间,春天就走了,胡杨的叶子就长大了。刺眼的阳光下苍蝇嗡嗡飞着,不怕热的小蓝蝶搅起苦豆子的花粉,空气中就有了苦苦的香气。风与沙在叶子间捉迷藏,打搅得我思考不下去了。

　　跟踪一队蚂蚁,我看到了这段枯了的胡杨。看来它应该还不到一千岁,今年它没有长叶子,应该是提前死了。还没有走近,突然就响起了清脆的鸟叫声。抬头,却看不见鸟,可能鸟太小,躲在另一棵胡杨树叶子里便看不清了。这里不会有太大的鸟,戴胜应该就是最大的了吧,它经常带着好看的头饰在路上踱步,等车走到最近的时候才飞起来,让人可以从容地看清它的头饰。细细的一截木头,只有一个小拳头粗细。走近一看,中间已经朽空了。三个嫩黄的菱形将仅有空间填满了。那是三张大张的嘴,等着妈妈来喂它们。三张嘴一动不动,也不叫,嘴太大了,看不到身子。应该是三只刚出生没多久的小鸟,树旁边还有碎的蛋壳。鸟妈妈有点着急了,叫声一声高过一声。我知道不能再靠近了,如果小鸟染上了人的气息,妈妈就不会要它们了。我快快地离开,去找旁边的一株高至2米的梭梭,顺便再观察地下有没有锁阳。

　　这个下午,在心情大好中就要过去了。伸手抓一把阳光,时光在指缝间缓缓前行。太阳是个魔术师,顷刻间便在天上地下挥洒出浓墨重彩。云还是那些云,却突然光彩照人起来,满天的流云缱绻着浮华,舒展开来。寻着阳光温暖的轨迹，一些小虫子，上上下下地飞舞着。天气开始凉爽起来，地上的小动物们多起来，四脚蛇快速地从我脚边跑过，划下两道直线，冲进边上的一丛茇茇草中。茇茇草去年的老枝没有被人割去编东西，也没有被风雪折断。新的枝子已经长出来了，绿的细条夹杂在白色的老枝中，很快就会超过老枝子。傍晚的风从夕阳那里串门回来，站在茇茇的顶上跟橘子样的夕阳挥手说再见。总是这样，热到冷冷到热，一天就这样过去了。

岁月静好，不过如此吧。

时光中，众生一律平等。

生命轮回从不停止。

天地间，万物生长，生生不息。

不期而遇

雪大如席,吹落轩辕台。

如撕碎的羽绒被,一抖,天地间就充斥着这白色的精灵,一片苍茫。雪花急切地扑向大地,沉重的身形将厚厚的苇絮压倒在地。不管不顾的大雪,好似压抑了三个季节的情绪终于找到了发泄的出口,在西部的天空中尽情挥洒。

好一场大雪,如雪国的一场狂欢,更像是为天地而设的盛大祭祀。这是本年的第一场雪,来得有点早,且很猛、很急。雪花在无声地欢唱着。蒹葭苍苍,间或用低低的和声与漫天的雪花唱和。

11月的大雪中,我在玛纳斯湿地没膝的雪原中,聆听雪与芦苇的交响曲。

突然,一个黑点在我的前方不远处,艰

难缓慢地逆着这些白色的精灵,像一支钝箭飞向铺天盖地的浓密阴云。一次次被雪打下来,又一次次冲上去。这逆势而上的黑点,恰如不和谐的音符,打破了风与雪的狂舞。走近些,细辨出这是一只白天鹅。这可能是一只掉队的天鹅,原本的洁白与丰腴已经变了形,雪花也不能洗去它身体的污点,却反衬出它的白衣已经不再洁白。

欢快的乐曲顷刻间好像转换成圣桑的《天鹅》,在我的眼里,芭蕾舞者的轻盈却无法与这只与命运抗争的天鹅相提并论。相对于那太过文艺的足尖上的旋转跳跃,风雪漫天中这现实版的《天鹅之死》,更多了惊心动魄。绝望是死到临头才能被感知,而抗争也是死到临头才会拼尽全力。

就在几天前,这里还是天蓝草黄。狼毒、大戟、独活等湿地植物还隐约透着绿意。成队的天鹅、白鹭、大雁、野鸭们还在水里游弋,或临湖而立,或飞翔嬉戏。远远的红柳与密密的芦苇交错着,天空中性急的灰雁已经排成整齐的人字形方队向南飞去。湖面上同伴们盘旋,鸣声鼎沸,有的在相互追逐、有的交颈而眠,爱美的还在翩翩起舞。波光粼粼的湖面上,金灿灿的芦花顾影自怜。

也许是在不经意间,同伴们飞走了。这只天鹅想着同伴的温暖,掉队的惶恐让它试图追赶上队伍。飞起、落下,飞起、落下,最终,在强大的风雪面前,它颓然倒地。

白茫茫的雪原,黄萋萋的衰草,丝丝热气袅袅升腾,一股泉水从冰雪之下汩汩涌出。

这只天鹅停在了这里。千里之外,它的同伴们也许已经到达南方。仿佛可以听到同伴们集聚在一起,或觅食、或休息、或引颈高歌。山遥水阔,唯留它断鸿声声。塞外千峰,春迟迟天涯路远;北风卷地,雪飞处浮生未歇。地白风色寒,只影向谁去? 也许,对天鹅来说,回到家乡是一种信念。山高水长,只等雁字回时。

不远处,天山负雪。一只掉队的天鹅,就与我在这里不期而遇。

江布拉克恋歌

麦田

转了不知几转弯,江布拉克就这样与我相遇了。扑面而来的金黄盈盈满怀,在大麦干燥的清甜里我几乎要窒息。麦浪如奔向天边的海水,车恰如海中一叶小舟,随波逐浪,而人则如浮萍般起起伏伏。

收获总是愉快的事情,大地上的金黄整齐划一,上演着丰收的交响曲。

从没想过与江布拉克的约会是如此绚烂开始的,经过一路戈壁的荒凉与灰暗的绿色后,猛然间见到如此大手笔的华丽色彩,如何能不心动呢。微风之下,金色的麦穗轻轻摇曳,残阳如血点燃麦浪如油画。余晖中半天蓝半天红,风中金黄的色彩流动着,恣意奔放。

江布拉克此时的太阳是多情的也是温柔的,金色的麦田和绿色的远山沐浴在柔情里醉意朦胧。炊烟在远处的农家屋顶袅袅升起,羊群走在回家的路上。不用采菊东篱下,只需静静守望着这一片麦田。

这里是摄影的天堂,摄影家们静静地捕捉着心中最美丽的风景。而我却忘记了用相机来记录这份美丽,只是贪婪地用眼用心将这金黄、将这血红、将这绚烂到极致的黄昏存贮到记忆中。低头,想从风中听到麦子们的细语。麦田用它真实的、朴素的方式表达着情感。当麦穗划过指尖,远眺蓝天与暮色渐起的山冈,金黄、暗绿、钴蓝,大自然用浓烈的色彩表达着亘古不变的情感。一望无垠的麦田如同燃烧的生命之火灼痛了我的眼睛,刺痛了心中最柔软的角落。

不经意的一次回眸,定格成了一张喜爱的照片:我与江布拉克的麦田,我和麦子们温情地相互守望。好像我们从来就不曾分离,而我也从未曾走远过。麦田与我就这样生生世世地守望着,不曾改变。

在江布拉克的夕阳里,一个中年人因为麦田在心里流泪了。伤感与孤独一样是奢侈的,在麦田的怀抱里,我不需要坚强。

人人都说江布拉克最动人的是漫山醉人的绿,我却无缘看见。然而在这金黄色的温暖中,夕阳却将所有的心事染色,生命此刻如花般绽放,如麦田般沉静。

人至中年,夫复何求,只愿能守望一片麦田。

星空

一弯月、一天星、一段古老传说,我与江布拉克的首次约会居然是一段浪漫之约。

当我静静地坐在江布拉克的夜色中时,恰逢七夕。满天的星与溶溶的一弯月互相凝望着,北方正是清秋时节,星空朗朗与温情款款的月牙儿,让夜色中的江布拉克有了一种很古典的味道。

远远的有人在歌舞,月儿很近很近的在眼前轻移脚步,慢慢地朝山的那边走去。星星们却很热闹地赶集似的涌到银河边,最活泼的流星一会儿一颗划过天空,我还未来得及许愿它已经溜走了。此时正是流星雨最多的狮子座流星雨出现的时间。天空中最显眼的当属牛郎织女星了,从小熟知这个故事,而只有在今夜,第一次在江布拉克的星空里见到他们幸福的相会。我躲藏在江布拉克的草原上偷听了一段情话,见证了两颗星慢慢靠近。寂寞的月色中,雨点儿开始悄悄洒落,如同情人的眼泪,而满天的星似乎不解风情,越发明亮闪烁。

久居世俗中,早就忘记了如何看星星,今夜似乎不同。我从来没有找到过北斗星,今夜一下子就看到了它,而且第一眼就看到了魁星。旧时在这一天晚上,女眷要拜织女、文人要祭魁星。魁星为北斗星的第一颗星,也叫魁首。过去每逢七月七,读书人都要郑重地祭拜魁星,以求功成名就,据说看见的人也会文采飞扬。

银河渐宽,流星渐密,夜凉如水,草尖已经露华渐浓。我在江布拉克的怀抱里幸福着,只因为今夜多看了一眼星空,江布拉克与我有了一种亲密。

或许只是因为七夕之夜,或许只是因为在圣洁的江布拉克,或许只是因为今日就是今日,所有的机缘都恰在今夜巧合。

无关风月,也许只因如莲花般盛开的心事。

金风玉露,胜却人间无数。

今夕何夕。

木垒色彩

金黄，金黄。耀眼的金黄在秋日的阳光
中碎金闪闪。悄无声息中木垒就以这样一
种姿态与我不期而遇。

原本就是要到原始胡杨林去看这金黄，
没想到在路上就有缘相遇。碧云天，黄叶
地。木巴公路上一路走来，山高云低，小城
恰似在云中一般，天如蓝水晶，云似棉朵儿，
山路恰如从天上而来，一路起起伏伏，山与
碧云齐，云横天山顶，木垒得天独厚，可以在
东天山的怀抱里慵懒，尽享一年四季的
暖阳。

曾经有一种丝绸比金子还贵重，而这种
五彩的丝绸正是通过寂寞而漫长的丝绸之
路走向中亚与欧洲。木垒恰在丝路北道的

入口处,中原文化一路随着驼队走过巴里坤,走进木垒,又向北一路走去。当五彩的丝绸飘过之后,这里又只余下漫长的岁月与黄沙、戈壁。在宁静中,木垒好像也忘记了曾经有过的色彩,只在这片黄色中静守本分。

木垒城静,好像从没什么喧嚣与浮躁,时间在这里不急不缓地走着,小城也总是从从容容。城虽小,却有气质,就如一个布衣荆钗的中年女人,举手投足间总会流露出淡定与从容,难掩雍容华贵。

从巴里坤一路走来,零星的几座烽燧见证了丝路北道曾经的繁华与喧嚣,如今这些烽燧间杂在农田之中,在蓝天白云之下有了沧桑感。

木垒城去的次数不算多,但印象却很好。我有一友,没来由的喜欢木垒,我一直都无法理解。然而就在这个金秋时候的木垒街头,我似乎理解了她。山城犹如云中之城,还有难得的纯朴民风,那份幽静与淡泊恰与人宁静的内心不谋而合。在新疆,这样的小城几乎都是差不多的模样,但木垒更多的是一种神宁气定的神韵。

金色的胡杨只在秋天才有。而鸣沙山的金色却在冬天里,在白雪的怀抱中闪着金光。鸣沙山的金沙在太阳的照耀下如粒粒金子。坐在鸣沙山上,金沙蓝天间听沙子与风歌唱,竟也有金戈铁马之感。那种天高地远,让人感觉天地苍茫而人之渺小。

鸣沙山在阳光下是一片金黄,而在月光下却是银白一地。在一轮圆月下,鸣沙山如一片银色的海滩,说不尽的柔情万种。夜宿鸣沙山,不见圆月,也会看到银河繁星如雨。在这金黄与银白之间,鸣沙山的魅力又岂是仅仅在于金戈铁马的沙鸣。

木垒神奇之处颇多,在去翻滚泉的路上,我们竟见到了海市蜃楼。在一片盐碱地上,热浪如海浪一波波涌来,海市就一点点显现了出来,如同黑白影片。

海市蜃楼过去没多久,路上突遇一匹白色的单峰驼。只听说非洲有单峰驼,没想到在木垒得见,且是最难得见到的白色。我们一行人都说,看见白骆驼是吉祥之兆头呢。

在木垒县城休息,买了鹰嘴豆,看了刺绣的挂毯,信步来到广场后的小园子,园中之树是一片绿色略带些慵懒的银白,不比其他之处的树是青翠的,干旱之地,色彩也是低调而含蓄的。

在木垒,难得是一份心静。那种平淡与从容,才好像是人生本来的样子。金黄与银白,如同木垒的颜色,不张扬却和谐相宜。人若能如木垒一般拥有自己色彩,真乃幸事也。就如同世间纵有万紫千红,且能留一抹金黄与银白,足矣。

山中日月长

静静的天山在这里反刍。小村就在天山的臂弯间打盹。山似眉黛,小村恰如眉上一痣。我在天山深处与新地村的初见,就有一见钟情的惊艳。这个小村子是我们单位帮扶的村子。

都说女人是靠听觉恋爱的,男人是靠视觉恋爱的。在天山的这道山沟里,人们总能找到动心的理由。邻近著名的花儿沟,新地沟如同绿叶被忽略了很长时间。这里没有游人如织,这里没有热闹与热闹后的寂寞。站在小村突出的一角远眺朝阳或落日,耳边呼呼的风声好像情人的温柔低语。

尘世光阴疾,山中日月长。无语立于新地村黄昏中,小马家篱笆外的小黄菊花正开到绚烂。一丛丛连成了片,如泼上油彩的浓艳,与女主人美艳成熟的姿态相得益彰。女主人是一位普通的农妇,却恰在女人最有风韵的少妇年纪。孩子们在村子下面的麦田里嬉闹,欢快的声音刺破了秋日长空的流云。金色的麦田在风中放肆地招摇,天蓝得透明,流云如羊群被风放牧着,一会儿东一会儿西。马尔克斯说:"我愿意远处有一盏昏黄的孤灯,让我在朗朗的月光下,在幽暗的树林里轻吟一个人的名字,让我这个经历过沟沟坎坎、心态渐老的人误以为人生的黄昏落日离自己还很遥远。"在成熟的季节里,我也以这种心态与这山这村相爱。

初冬的田野,雪花儿刚歇,山野沉寂着,如同山村的夜,静静地睡着了。蓝水晶般的天空怀抱着戴了雪白帽子的天山,发着呆。云朵们都去旅行了,只有风儿还在这里不时走走,掀起厚厚的雪,想把草儿叫醒。新地的冬天似沉寂歌者的情怀,在岁月中放逐思绪,守望生命成景。

走过天山初春的料峭,新地走进六月的花海,这时的小村是迷人的。游人也陆续地来了。却没有景区的热闹,依然是恬淡的悠闲的,来了便来了,走了便走了。

七月小村,已经逃离了暑热,投入到天山的苍翠中。办公室的窗口恰如一个画框,将天山的空蒙奇丽一并收入画中。流云如带,轻雾似纱,在画中荡来飘去。一会儿,乌云入框,一会儿豆大的雨点就凝成了冰雹。一阵的酣畅淋漓之后,又是青山空悠悠,白云独自闲。

一时之间,山中有四季。青山苍翠依旧,蓝天为画布,白云做幕帘,漫山的野花将这方山水涂抹得姹紫嫣红。自有胸怀万重岭,笔底平添千层云,山中日月原不计,惯听飞瀑雷长鸣。此时的心情已千丝万缕,袅袅炊烟般缠绵在天地之间,婉约成一行行诗句,隽美新地的夏天。

小村与我就像心仪已久的情人,惊艳之后就是迷恋与不舍。

与我一样痴痴迷恋新地美丽的,还有越来越多的画家们。他们用画笔将新地的四季展示给世人,让世人一览其妩媚和惊艳。

在新地,随处可见画家,他们时而凝视远方,时而挥动画笔。也因为越来越多的画家的到来,这里如今成了有名气的画家村。

新地最美的季节是秋季,秋高气爽之中,远山白雪蓝天白云,恰如油画一幅。明媚的秋日暖阳给屋檐下挂着的火红辣椒、金黄玉米打了一束强光,也给村民小马家的四面画壁打上强光,让其色度更加饱和。色彩斑驳的画墙、土炕、树干做的洗碗池,让古老的农家院焕发出艺术的气息。小马家墙上挂满了画,尤其是火墙上,其中不乏名家的作品。这都是在他家住过的画家们送给他的纪念。墙上还有小马自己的作品。这个农家汉子，没有出过新地，以前从不解画画是何味，但人到中年的时候却被艺术撞了一下腰。与画家们朝夕相处，耳濡目染下他也拿起了画笔，挣下了钱，学成了艺。村子正在悄悄发生着变化，如一只蝴蝶振翅欲飞，不仅富裕了起来，还多了一份文艺风范。天山从这里散发出浓郁的文化味，青山绿水成了金山银山。

诱惑人们的不仅是画布上的美景，更多的还是一种心灵的回归。

沉浸在原生态的农家生活，且听风吟，留下乡愁，放逐灵魂。寂静中暗自欢喜，默然里不离不弃。

岁月不知年，山中日月长。这一片山水，又不知会成为多少人的桃花十里、春风十里。

胡杨的家园

古尔班通古特的风是干热的。从博格达峰的雪山顶上流下来的河流，没有力气走到这里就四散在周围的绿洲。远远地看着天山的秀丽，古尔班通古特沙漠生生世世只能这样远眺着。有时压抑不住心中的热情，就会吹起一阵狂热的风朝天山奔去。

这风走不了多远，到老龙河这个地方的时候，狂躁减了下来，只留下了干热。老龙河是准噶尔盆地中沙漠和戈壁的一个交界点。这里是这片胡杨的家乡。

这干热的风正好让沙漠在金秋时节保持夏天的温度。虽然早晚会有点凉，但中午绝对是骄阳如火。小昆虫，嘤嘤嗡嗡地飞过，填补着风有时停下的空白。古尔班通古特沙漠在老龙河这里拐了一个小弯，堆起了一个小沙丘,挡住了风,却留下了一些看不到的东西。比如千年前一些胡杨在这里播下了种子。

如何播下的,没有人知道,也许就像眼前的一大蓬骆驼刺一样,是风无意中带来的。这些种子就像边上的芨芨草一样慢慢吞吞地生了根。当芨芨草变白的时候,胡杨就把根扎好了。一千年过去了,那些低低矮矮的沙拐木开了花又枯死,芨芨草也是一辈一辈地越走越远。千年了,胡杨却没有走多远,只是长大了,但有时还像少年般享受着与风沙的游戏。沙拐木一串串粉色的果实,像铃铛一样在风中响着,胡杨听着听着就想睡着。

绵羊三三两两地结伴走过来,大多数会跳起来扯几片胡杨的叶子吃。有一只后腿直立,像人一样站着吃高处的树叶,这让它在同类中有点与众不同,其他的羊心情复杂地看着它。

沙子排成队整齐地沿着风的轨迹前行。一点儿一点儿不紧不慢地从起点走向终点。沙子不知道它的终点在哪里,它只能看风的意愿。时光行走无形,但沙子却留下了风的样子。当沙子走到最近的那个沙丘的时候,太阳也就回家了。风走了,胡杨注定只能与沙子为伴。

白天这里会有些人,他们是来看胡杨的。这是一片年轻的胡杨树,在胡杨的世界里它正是鲜衣怒马的白衣少年。当太阳像个红橘子一样落在地平线的时候，人就都走了，留驻在这里的是可爱的小动物们，在有月光的日子，它们可以尽情地挥霍快乐。胡杨喜欢月光的温柔，旁边的梭梭羡慕地看着胡杨望月时如水的目光，它一直想走到胡杨的边上靠着它，但总是没有办法移过去，只好静静地听着胡杨的一声叹息。每当这个时候，总会有一只四脚蛇从沙地上跑过，把胡杨的视线吸引过来。近千年了，有月亮的晚上就会重复这样的景象。不同的是四脚蛇和梭梭早已不是原来的邻居。

胡杨最喜欢的季节是秋天，天空蓝得透明，沙子又黄得金灿灿，它不知道天地之间最美丽的却是自己，那一树的金子仿佛是世上最富有的。

春之绿、夏之黄、秋之金，冬天的胡杨如铁丝般遒劲的树枝伸向天空。生而不死一千年，死而不倒一千年，倒而不朽一千年，这是不是只是传说，其实人是没有办法验证的，人的生命太短了，只能看到胡杨交替苦寒与酷热，从枯寂的孤傲到金黄的浓烈。不经过千万遍这样的流转，胡杨如何能拥有一颗高贵的心来傲对苍天。

对活了千年的树来说，发生什么样的奇迹都是可能的。这让我太羡慕了，人总是期待奇迹，只要能够遇见就会是奇迹。那一年的夏天，我遇见了老龙河的胡杨。我是

26

跟着一群羊走来的,路过时惊起了苦豆子花上的一只小蓝蝶。

冥冥中,总有一些什么是我不知道的,只有当谜底揭开的一瞬间,我才恍然大悟。以前经过的那些暗无色彩的日子,只是为了走到这里,为了遇见这片胡杨林。因为我一直相信这世上总有什么会走进我的生命,让我觉得有什么是不一样的。

阳光穿过云层,胡杨静默无声。我静静地躺在胡杨下,想跟它依偎得近些,但我没有听到胡杨的心跳,听到的是风和叶子的低语。

不知道说什么的时候,就只好什么也不说。但在沉默的身体里的是一颗激动的心。走过的那些岁月,经过的那些风雨,都是为了这一刻的相遇。这让我有点激动,我已经很多年不会激动了。

今年的雨水还不错,一丛丛不知名的小草已经探出了头。芨芨草的新枝子已经长出来了,绿的细条和白的枝子在风中招摇着。

傍晚的风中我看到了这段枯了的胡杨。看来它应该还不到一千岁,今年它没有长叶子,细细的一截木头,只有一个小拳头粗细。它还正年少,就将生命定格了。繁华终落尽,金黄的树叶也一样。

　　老龙河的胡杨林,年年枯荣。无论枯荣,我都会来看望。每每与胡杨对望,我就会神思恍惚,沉沦在胡杨的回眸里,顾盼着胡杨千年的等候。这种情思让我与老龙河有了一份情牵,眼光中多了几许温柔。似水流年中只想在老龙河的胡杨下静守,看风月无边,看时光从指缝间缓缓流过。

荒原之月

刻意要找的,往往都找不到。

天下万物的来和去,自有它的时间。

明月出天山,苍茫云海间。一个寂寞的只有诗和酒的诗人在千年前写下了我眼前的这一景色。

一轮明黄的月亮正从远处的雪山边斜出大半个脸来。一地的细沙在月色中泛着银色的光芒。明黄的月银色的沙,天山的影子倾斜在沙滩上,留下一小片暗影。

梧桐窝子,古尔班通古特沙漠的边缘。当地人称古尔班通古特沙漠为北沙窝。梧桐窝子是北沙窝靠近人烟的地方。凤无梧桐不落,并没有人在这里见到梧桐。梧桐是当地人对胡杨的叫法。这里曾是大片胡杨的家乡。

起先,我来这里不是为了看月色,也不是找胡杨。只是为了到一个沙漠中的海子看水鸟。

沙漠中的海子,对我们而言就是绝佳的风景。海子是当地人对有水的湖泊的爱称。没有的东西最珍贵,干旱地区最缺的就是水。所以这里只要是有一洼水,人们就称之为海。只要有水,就会有草,有动物,有生命。沙漠中有一洼水自是珍贵无比,百里寻之也是寻常。

驱车 100 多公里后,车就像一叶小船在沙漠里浮浮沉沉。渐渐的路越来越难走,车也越走越颠簸。路边偶尔闪过被废弃的房屋,烈日的暴晒之下,更显得荒凉。

迷路了。经过一座小桥后,再没有了人活动的痕迹。盐碱地出现了,也出现了芦苇,好像远远看到还有一片棉花地。两只鹞子在空中打架,一会儿天上一会儿地下。在沙滩尽头,一群骆驼或卧或用嘴拱着浅浅的草皮,奇特的是其中竟有单峰驼。

最终,我们的车停在了一座沙丘前。车轮陷进了沙子里,不停也要停下来了。

沙丘上有两棵垂柳样的梭梭,绿色的枝条弯弯地垂着,让人想起湖边的垂柳。许多洞静静地躺在沙地上,像眼睛一样看着天空,这是沙鼠的洞。沙子很软,一抬脚就会陷下去。爬上沙丘,天蓝无云,阳光灼眼。前不见古人,后不见来者，天地苍茫间，我觉自己如蝼蚁般渺小。坐在沙丘的背阴面，听天风浩荡。不知不觉中，太阳就西斜了。一家人老老小小都迷迷糊糊靠着沙丘偎着。黄沙漫漫，天高地远。几头骆驼在远远的夕阳之外摇着驼铃，这是除风声外，唯一的声音了。骆驼停在那里看夕阳，神态高雅，就像贵族。我们就一直坐在沙地上。在孩子的惊叹声中，我突然看到了那一轮明黄的月亮正从远处博格达峰处跳出来。

不知过了多久。月亮升到了半空，银色的清辉突然间就铺满了沙丘。金色的沙丘成了银色的沙滩，月光如潮水般漫了上来。

群玉山头见，瑶台月下逢。李白描摹的场景，在天山天池倒也寻常。好几次我在天池见过这轮月，雪峰、瑶池，水月天地间自有一番仙风飘逸。然而在沙漠之中、雪山之下再见这轮圆月，韵味却又不同。

荒原之月，本应有凄凉之感。但因为月下的一家人，反而生出世外桃源之意。

说也神秘，车还是这个车，沙也是这些沙，此时却很容易地就冲出了沙地。一路向前，圆月相伴，雪山为引，沿着天山行去。走过一片黑色发亮的水域，月光下的那片平静之水，闪着银子似的光，几株芦苇疏淡地站在水中。车过处,惊起一只水鸟。

荒漠之中,也不知方向。慢慢地看到了浅浅的一道车辙,一路踉跄,车子终于走出荒漠戈壁,重新回到了紫陌红尘。

再看那轮月,温柔,正微笑看我。孩子奶声奶气地指着月亮说:"月亮像妈妈!"蓦然,想起很多年前,一个白衬衫的少年指着月亮说:"看,像你。"

世事如浮云,浮云尽头,少年干净的笑容影影绰绰。月还是那轮月,人却已不再是少年。

秋云薄似人情,终有明月千里。

是日为阴历八月十五中秋节,是为记。

走进冰雪消融的春天

田野

走出村子的时候,天空中居然下起了小冰雹。早春二月还有没结束,阳春三月还在大雁的翅膀上正从南方往这里赶来。村庄里的路面还被冰雪覆盖着,但走在上面已经没有了冬天的坚硬,积雪在鞋底停留的时间长些,就有融化的意思,一抬脚,就有水滴下来。

村外的田野里,褐色的土地已经星星点点地露出头。在这个冰雪即将融化的春天,我和防护林的白杨树一起沉默地凝视着这连片的土地。这些白杨颀长俊美如俊朗之少年。土地一直延伸到天的尽头,那里也会有一排排的青杨或白杨朝着这边眺望。

北方的春天就是在我们的盼望与等待中来到的。我跟白杨们一起抬头看碧蓝的天空,一只老鹰在天空里翱翔,平展的翅膀恣意伸展着,如同一只扶摇直上的大鹏。

捎来春天的大雁还没有在天空中出现。不远处的湿地公园里,留在那里过冬的天鹅在冰面上吃着玉米粒,欣赏着芦苇在冰霜中开出别样的美丽。

我跟白杨树一样,没法到湿地去问候这些天鹅,但听站在电线上的麻雀们聊天谈到那里的芦花在表面镀了一层冰霜像水晶一样闪闪发亮,却还像村里阿黑家小姑娘的帽缨子一样蓬松。

村子的东南北三面为农田环抱,西面的红柳滩里丛生的红柳还在睡眠,夏日的红红艳艳此时还是干枝黑枯地倒在雪地中。

我们的耳朵听着麻雀叽叽喳喳聊天,眼睛却一直盯着田野。这块地,我的亲戚穆大哥在春天将会种下棉花。去年春天时棉苗绿油油的,夏天白或淡粉的花招招摇摇,在风中从太阳出来跳舞跳到太阳落山。秋天,地里大朵大朵的棉花白皙丰腴如少妇,温暖平和又安静。相对于安静的棉花,人就显得过于吵闹。采棉机从这头到那头很张扬地走来走去,汉子婆娘们大声说着话,把棉花一车一车地运到晒场去。家家户户的狗兴奋地上蹿下跳,经常就绊着人的腿。被人踢了一脚,叫一声夹着尾巴跑到地头。一会儿就忘记了挨打,又跑了回来。

　　但冬天的田野是沉默的,就像此时的我一样。白杨树一直都是站在这里的,看着一年年四季这样的轮回,它从一株小树苗长成了现在的4米多高的青壮年。而我是外来的,去年才知道有这样一个村子,有这样一片田野。

　　眼看着马上就是春天了,雪已经慢慢地融化了,明显地看到雪际线在田野里后退,冬天将如同空气从身旁流过。很快,我就会走进冰雪消融的春天。

村子

　　一年的时间,让我与这里有了血肉联系。熟悉了这里的条条村路与乡野小陌,也认识了左邻右舍的嫂子大妈。村子一到冬天就非常安静,大部分的人家到城里去住有暖气的楼房。留在村子里的多是老人,只有太阳暖和的时候他们才在院子里活动活动。大多时候是猫在家里守着火炉开着电视。只有狗叫起来,他们才会站在门口撩起棉布帘子往外看一看。

　　村子是整齐划一的布局,四四方方的被几条柏油路分成小格子。路两旁是苹果树和紫叶海棠树。春天的时候,这里是寂静的热闹,密密的白花粉花相杂着,风过处飘飘扬扬,铺在路上如银练闪亮。花香浓烈,无形似风填满了村子的角角落落。而此时,时候还早,春风还未来,树上还是另一番景致。一串串的小红果子被冬天速冻成了冰果,晶莹剔透。阳光闪过,发出诱人的光芒,如冰糖葫芦。麻雀们扎堆在树枝上一边叽叽喳喳,一边吃两口小红果子。春天的秘密就让它们传播了出去。

路边一丛丛的狗尾巴草纤细的尾巴一半被冻在地里,一半已经解冻,它们半弯着腰,我忍不住把它们解救了出来。阿黑家的羊在路边走来走去,找着干枯的苦豆子吃,它们知道这是一味中药。

冰雹过后,飘了一点雪。路上有几道狗爪留下的梅花印子。村子里的狗也很安静,它们安静地小跑着,更多的时候是站在路边伸着脖子眺望。这些狗中有名种金毛、哈二、泰迪等洋狗,也有土狗,还有它们的杂交。

同事最早收养过父子两只白色的土狗。它们一直都没有名字,一次正在种菜,我说:"空心菜。"狗爸爸竖起了耳朵站起来看着我,好像听到了召唤。我试着叫它:"空心菜!"它居然应了一声,自此我就叫它"空心菜",我驯养了它,给它的孩子起名叫"小白"。大伙都说"空心菜"真难听,可"空心菜"不觉得,每叫必应。

　　其实我是一个怕狗的人,在来到村里以前,我从来不敢靠近任何一条狗,远远地见了狗就会绕道走。总是担心狗毛会沾到我的鞋子上,离狗还有 5 米远,我就已经汗毛倒竖。这只温顺的"空心菜"让我减少了恐惧。工作队后来养的一只棕色的小母狗淘淘那真是人见人爱,那无辜的小眼神楚楚可怜。我亲戚穆大哥家的筐筐是一只混血京巴公狗,才一岁已经长得很肥壮了。它最爱的游戏是追咬家里的一只黑兔子小黑。小黑与小白是一对,一只纯黑一只纯白,养在院子里的笼子里,小白好静,小黑好动。一跑出笼子,院子白雪地上小黑就格外的显眼,筐筐前一秒还在我脚边打盹,后一秒就离弦之箭一般冲了出去。

　　淘淘和筐筐跟在我身后一起在村子里闲逛。它俩自顾自玩,我走远了,才小跑着追上来。走到村边的沙枣树,我摘下一颗冰沙枣放进嘴里,像冰淇淋般甜。一只肮脏的小狗不远不近地跟着我,我有点害怕,冲它跺脚,想吓走它,但它一路跟到了树下,斜着身子看我,眼神很忧郁,让我看着想哭。淘淘和筐筐叫着冲过去赶它,一会儿它又跑了回来。我害怕了,往村子里走,它又一路尾随。走着走着我突然想起,这会不会是小白呢。唤一声"小白",狗儿一瘸一拐地跑了过来,此时果信,"驯养"是一条看不见的纽带。小狐狸对小王子说得没错。

等待

塞外春短夏日长,雪花才尽百花香。虽然还没有春天的迹象,但是转眼间春天就会风一般溜走。不像夏天如天上的浮云般赖着不走。春天来得慢,却走得早。虽然眼前依然是浓墨浅灰色的冬天的底色,但我知道,春天其实已经来了。耀武扬威了整个冬季的一堆堆雪也突然柔情似水起来,雪堆边缘的小冰晶和路边拱起的冰盖一碰就要碎。屋檐下的冰柱子汪着透亮透亮的水,马上就要滴下来似的。

一阵风从太阳那里吹过,走进芨芨草的枯枝里,呜呜地告诉它们春天就要来的秘密。正在地里拱吃棉茬的羊和牛也偷听到了,羊谨慎,一边咀嚼一边想着这消息是不是真的。牛老实,早就信以为真,急急地跑回家告诉同伴去了。其实我们都知道,春天很快就会占领这里。我和穆大哥昨天就已经在计划哪一垄种豆角哪一行种西红柿。

我们都在等待,他在等待菜园子的雪全部化掉,我在等待春风把老陈家的果园吹得桃红李白,我好在树下站成风景。我还等着村外那棵沙枣树花香十里。那个时候蝴蝶和蜜蜂都会来,沙枣树就不会寂寞了。沙枣花儿不起眼

38

的金黄如同桂花一般,低调内敛,却花香绵长。幽香一缕虽悲喜不言,却让天地记住了一朵花的香气。

　　春天终究是要来了。春风沉醉中,天蓝云白。我在等待春天里的一树繁花。

风居住在夏日的村庄

鸽子站在蓝天下的天线上。风走过我居住的村子，走过一条村里的小巷。这个村子在一片湿地的边上，那里长满了芦苇。芦苇过去就会有沙丘，这些沙丘是北沙窝的一部分。细细的沙子来自古尔班通古特沙漠，它们是随着风儿来的。

风走过以后，就像一个少女成熟成丰腴的少妇，小巷会很奢侈地成了流着蜜与酒的地方，金黄绯红铺满了水沟，灰绿的枝头就会缀满了玛瑙似的透明的果子。而此时，风还在这里居住，村子还是绿意浓浓，一切还是青葱的样子。

一串紫色的小花直指天空，叫醒了村子的清晨，紫色的嫩扁豆跟在它后面在风中摇旗呐喊，满屋顶的绿叶随风舞蹈着。丝瓜花金黄的花瓣尽力张扬着,挺着粗壮的花蕊,艳俗成旗帜。一个半米长的丝瓜夸张地向地面伸展,硕大的身体在风中招摇,最顶端还有花的痕迹。许多个院子都被这些金黄色和紫色铺满,大自然是很讲究的,紫色黄色是一对互补色。夏日的村子的主色就是这一对张扬的互补色,它们就这样恰如其分地点缀着土黄的村子。

　　村子里没有人声,人们都下地给棉花打药去了。鸡鸣声却此起彼伏,虽在一个村里,鸡们却见不上面,互相都不认识,它们却熟悉彼此的声音。这个清爽的早上,鸡们心情都很好。一只叫淘淘的母狗,已经从公主沦落成了丧家犬,皮包骨的肚皮下,乳房快垂到地上。这个月她生了六只小狗。她讨好地跑来让我爱抚她,躺在地上露出难看的肚子。

　　我没有理它,然后它失望地走了。站在路边忧伤地看着小狗的父亲与这任公主,一只小巧的叫乐乐的母狗亲昵地走过。

　　乐乐的眼睛眯眯的、弯弯的,小小的脸很是讨喜。与淘淘大大圆圆的眼睛和让人怜爱的神情是完全不一样的。它们的情人却在每一段感情里很专一,爱它们的时候都是全心全意的。如同此时,它细心地呵护着乐乐,根本就没有看一眼路边站着的淘淘。等它们走过,淘淘转身走向路对面的垃圾箱寻找吃的,从此萧郎是路人。

夏日的村子,风来来去去,有时就居住在某个院子的角落,风来的时候,院子的花都非常兴奋,拼命地花枝招展和摇头晃脑。此时的村子弥漫着甜蜜和暧昧的气氛,就像每一个毕业季的黄昏。余晖是背景,夏风吹过年轻的脸,白衬衫被夕阳染上粉红色,汗水打湿的头发贴在脸上,年轻的脸庞闪闪发光。自行车打着一串铃声从路上飞驰而过。

夏日的路上,十七八岁的少年少女骑着自行车像风一样的从我身边走过。青春如此美好,人人都会怀念,我又怎能例外,真的好怀念那个想爱、想吃、想变成天上的云的年纪。

《风居住的街道》和《时光煮雨》,这两首曲子在夏日里总是被我循环播放。其实冬季风来得更多,但我的记忆中只有夏日的风才是风,夏日的街道才是风居住的街道,风居住过的村子才可能是有回忆的村子。

羊道

　　从花间的小径中走过，带着几点油菜花的金黄，一群夹杂着土黄色的灰扑扑的羊慢慢向着卡拉扎祖山靠近。卡拉扎祖山是一座像罗马城堡的红色的山峰，天山到这里已经很温柔了，完全没有了博格达峰的冷峻。

　　羊低着头排成队，从细细的羊道上走到前方山谷里一座巨大的红色山崖下。这是一块被风沙磨平的大石头，上面被人刻下了一些线条。人们叫这里康家石门子。羊和马们看不懂上面的画，牧羊人每次路过时，会停下来看看。这些神秘莫测的线条是几千年前的人留下的。牧羊人站了几分钟后，就放开了枣红马，让它和羊一起吃草，路边的风景吸引着它，吃一口草它抬头看两眼，不像羊只知道低头用嘴皮去拱贴着地皮的草。

卡拉扎祖山,据说是侏罗纪时期火山喷发的杰作,很像古代罗马的城堡,褐黄色有点偏红的色调在蓝天白云间,很漂亮。远处的山是五彩的,刻有岩画的平平的石头是暗红色的,像用铁锈红的漆刷过一样。

山在这里开了一条缝,山风可以吹过来。牧羊人褐红的脸膛被正午的阳光照得油光发亮。他找了一个平坦的山坡躺下来想心事。

卡拉扎祖山下的石崖高数十米,东部断崖下是一条巨大的峡谷——康家石门子大峡谷。搞旅游的人在这里找了个平的地方拉起了绳子,立上一个木牌子。

羊和马都看不懂画上是啥,但羊在画上看到了北山羊,那是它们的近亲。马看到了长着角的鹿,它以为是一匹怪马,还有两匹马团在一起,这些都让它觉得很奇怪。只有牧羊人能看懂画上的故事。一只大雕从山顶飞过,一群野鸽子也飞了起来,又落在山崖上。人马羊同时都抬头看。山体上一层层像梯田一样的地方长出一片片的大葱。这些大葱是真的大,结的花球都比人的拳头大。这些大葱是怎么长在那么高的地方,是谁种下的呢,那里不要说人,就是羊和马也上不去。牧羊人想,不可能是大雕吧,也有可能是鸽子,但鸽子从哪里来的那么多种子呢?为什么要种大葱呢? 不会是神仙要做菜,才种下的吧。从天上撒下种子倒是很方便的事情,从山上可是上不去的,这个山上连羊道都没有,北山羊也只能上到一半的地方。牧羊人想着一定是天上的神仙种的,但为什么会是大葱呢,为什么不种草呢,这样羊可以多吃些。但想那么多干什么,天自有天的安排,这些大葱可能就是应该长在这里吧。想着,他就慢慢地睡着了。微风吹过他凌乱的头发,轻轻柔柔的。他梦见了岩画里的事情。

岩画上,漂亮的北山羊就像这群羊一样站在山坡上。几头马鹿,长着长角凝视前方,它们都面向东方仰望,好像在沐浴温暖的阳光。这些没有人能看懂,也没有羊和马能看懂,可能就是天书。

羊吃饱了,往山崖边走去,岩画的石壁向外伸出来一截,形成了一个开放的洞窟。那里有一眼泉水,细细的水流了千年未干,当地人称之为神泉。据说那水非常神奇,男人喝了强身健体,女人喝了能生孩子。泉水边堆上了石头堆,边上长了棵不大的树,人们在上面系了许多布条子,有红色的也有白色的。

对羊来说,昨天、今天和明天没什么不同。草地上闪闪烁烁的繁花,没有一朵能迷乱羊的芳心。羊只对青草钟情,也不会追随草尖上流浪的风。

羊每天按时走在羊道上,它们只往前走,从来不吃回头草,它们只低头看草,很少抬头看风景。偶尔,一只小羊会与蜂蝶嬉戏一下。草在风中生长,马在风中想心事,羊蓄满了柔情的眼睛只盯着草地。

时间将山上的石头打磨得光亮,云朵下大葱的花开得灿烂。羊群,草地,牧羊人是这里每天不变的风景。

羊被人吃是它的命,草被羊吃是草的命,它们都不抱怨。

暮色中,羊群走上羊道回家去。山谷间,月光下,羊道如一条白白的细带子,羊群在月色中,缓缓移动。马肥大的屁股扭得很夸张,牧羊人在马上,头一点一点地摇晃着身子,好像睡着了。羊群全都低头走路,只有头羊抬着头,它领向哪里,羊群就走向哪里。有时候,它也低着头走,羊不需要看路,羊的路一直都在心里。

胡杨的想法

残阳如血是戈壁上最常见的景色。冬日，茫茫雪原此时是粉红色的，比正午时多了妩媚，却是美人的心计，在零下30摄氏度的寒冷里营造出一个仙境般的温柔。胡杨这时的黑瘦的背影就显得很凄凉。夏日就不同了，如血的天边会有海市蜃楼出现，红色和金色在暗暗较量。当夕阳透过胡杨树的缝隙，坠入了大地时，最后一抹余晖下，胡杨骄傲地昂着头，折射出属于金色的生命的光辉。

真不知哪片青青是戈壁的悠悠我心，戈壁上好像很少见到青色。胡杨可以算是戈壁的标志性树木。一棵长在戈壁滩上、荒漠中的胡杨树是自由而任性的。人们赋予它浪漫的含义，浪漫的故事。胡杨新娘、千年

47

之约,其实那只是人的一厢情愿。胡杨不管人们的想法,它只按自己的想法活着。

木垒的胡杨林虽然在300公里外的地方,但也算是我们当地的一景。说是千年的胡杨,近年来成为旅游的热门景区,也成为摄影师的新宠。走过鸣沙山,走过翻滚泉,来到干涸的古河道,四周高高低低的胡杨散布在河道两旁。

金秋十月,是胡杨盛装出嫁的日子,满身黄金,光彩夺目,在干渴的午后灼伤了干涩的眼。干枯的树身下,掉了许多叶子,踩上去沙沙地响。风路过这里打了个呼哨,又吹下来一些叶子。盛装的新娘没有等来娶她的人,静静地褪下金黄的装扮。风想停留下来,但转了一圈又走了,树叶沙沙响了一阵,树影婆娑地摇了摇。瓦蓝瓦蓝的天空上一朵云儿无心地走来走去。它们都不知道胡杨的心思,胡杨本想跟谁倾诉下,可看了看,没有谁想听,它就不说了。树木说话就是摇动枝叶,不说了就让叶儿纹丝不动。

风走了,风来了,叶儿摇叶儿停。胡杨的一颗心像风筝一样被风牵着飘来荡去。飘呀飘呀,树就老了,心也就空了。

山有木,木就应该长在山上。胡杨不够幸运,生在干旱的戈壁上,没有生在山上,没有庇护、没有足够的水土。天生地养,恣意地生长,没有一定的形状,歪七扭八的没有

48

好看的样子,更是连一只板凳都做不成。无用之用,方为大用。胡杨,对人类而言毫无用处,所以它们才能骄傲地活在这天地间,成为三千年不死不休的生命,在它们的面前,人又算什么?

愈恶劣,愈顽强。满目金黄之中,胡杨才是戈壁真正的王,什么叫作天长什么叫作地久,让胡杨来说吧。满天扬起的风尘中,人和羊低着头从胡杨树下走过,胡杨默默地看着他们。

长女般的榆树

草木总是安静而美好，人才如流云般聚散。如同家中的长女，榆树是西北最吃苦耐劳的树种。在准噶尔，榆树是没法绕过的树木，就如同边塞诗里绕不过的秋风劲草。

"天上白榆树，千秋紫塞阴。隔林观猎骑，时有射雕心。"山一程、水一程，过尽榆关。土黄色为主的戈壁，榆树是最常见的绿色。看见了榆树的绿色就是找到了绿洲，就是找到了村庄，就是看到了生命。这里的人想起故乡，首先想到的是村口的那棵老榆树。一棵榆树看着几代人来来去去。昆虫在树上爬来爬去，鸟儿栖在枝上，有人经过时或者飞起。隐于枝叶间的还有很多人看不到的生命，随着风和叶子飘摇。它们被榆树接纳，成为树的一部分。

在一片树林中穿行,目之所及的远方是更广阔的背景,那里是更远的绿洲和榆树,还有蓝天和白云。

一棵榆树就是一地绿荫,三棵榆树就是一处风景,一丛榆树就是一片绿洲。榆树不远处,会有一户农舍,可以进去讨口热茶。

榆树耐旱、耐寒、不择土壤,无论条件多么恶劣,风沙如何狂啸,它都能生存下去。

收拾榆钱沽酒去,和衣醉倒百花丛。春天是榆树最好的季节,正如农家女儿初长成,浅绿的榆钱儿结成团,团成一簇簇的花朵儿,在春风中摇曳。奈春光渐老,万金难买,榆钱空费。如同本分的女儿,嫁与东风春不管,纷纷扬扬的榆钱儿在一夜之间就落了个干净,再不见踪影。像家里听话而省心的长女,从此再也不用父母操心,只等明年春天,一棵、两棵、三棵,会有新的小苗长出来。百棵、千棵榆树就这样落地扎根,发芽成长,只有农家听话的女儿,才有榆树这样的好心性。无论多么缺少关爱,榆树始终不曾干枯。长于路边、地头,没有人给榆树浇一滴水,也没有目光关注,自生自灭的命运没有让它心生抱怨,春天一团团的浅绿是一个寂寞的青春季节,夏日里灰绿的叶子永远庇护着戈壁,心中充满着对大地的感恩。

榆树不能决定自己的命运,却影响着周边众生的生活。榆树与村庄、与一户户的烟火缠绕在一起,就是这片土地上最初的人间烟火。

岁月在日升月落中流逝着,人间依旧是柴米油盐的故事,榆树婆娑的树影在窃窃私语,如妇人絮叨着戈壁的故事。草木说话是无声的,人听不懂,鸟儿能听懂却不屑。

年复一年,榆树老了,站在时间的路口回望,好像回看一段梦境。以后的以后,榆树听到孩子们在树下打闹的笑声,不禁一脸温柔,然后睡去。

白云在天

天蓝云白。可可托海上等的海蓝宝石不小心飞到了天上,于是整个天空就变成了海蓝。一朵云急匆匆地跑着,它是为了追上前面已经走远了的同伴。这是一群不知道为了什么而不停奔跑的云。它们不知道,其实它们是无论如何也跑不出这一大块海蓝宝石。

蓝宝石上最耀眼的一点,就是太阳的光芒。太阳推开云朵的遮挡,肆意地将强烈光线泼洒在大地,山风时有时无,并不热衷于驱赶大地的燥热。

云们每天从东边跑到西边,然后在西边装扮一下,戴上金光灿灿的冠,然后幸福地睡去。第二天再从东方急匆匆地跑到西边。

我看到这朵掉了队的云时,正在奔向阿

勒泰的高速路上。我也掉了队,也正在急匆匆地追赶前面的人。我是个总掉队的人,在人生的路上总是落在别人的后面。不知道是别人走得太快,还是我没有跟上的能力。有一点我是清楚的,是因为路边的一朵花、一只鸟,甚至是无意中路过的一阵风,吸引了我的注意力。因为这些喜欢,注定了我是个走不到队伍前面的人。

这朵云是一朵很漂亮的云,调皮的天性让它不停地变幻着各种形状,它变成狮子吓唬我、变成小狗萌翻我,变完了动物、植物,最后它累了,就恢复了自己的本来面貌:一朵懒洋洋的蓬松的大棉花。它看了我一眼,以为我不喜欢它,有点悻悻然。其实,它不知道,我心里正在暗暗欢喜,它所有的努力我都看见了。但我必须赶路,没有时间赞美它。这让它失望,更是我此生不可弥补的缺失。

我也是个急匆匆往前赶,却不知道为什么赶的行路人,我看见了它,它看见了我,它在这一大片戈壁滩上空走过,我在地上与它一路同行,这就是我与一朵云的缘分。

一路上,树木、花草都卷起了叶子边。只有风不知疲倦地跟着我走。我走过乌尔禾正午炙热的阳光,走过和布克赛尔结满沙枣的沙枣林。路过布尔津充满干草味的河边,远远地看了一眼河对岸那童话一样的小木屋顶。

我以为我的目的地是喀纳斯。

　　但经过布尔津夜市那一片正在璀璨的灯光时就再也走不动了。烤鱼和格瓦斯的香气绊住了我的脚步。最终在一间门口开有蒲公英小黄花的木屋住了下来。疲惫而又放松的眼神被天边淡红色的云彩牵走了,不管在什么时候,云彩总能吸引我的目光。天空在食物的香气中慢慢变成鸽灰、瓦灰,最后竟成了深蓝。小城海拔高,夜空清朗。几点星光清亮,云浮于旁,越发高远清渺。远处的炊烟平静地四散成云。布尔津河如黑亮的镜子反着光。

　　这是新疆最美好的季节,摄影爱好者多集中于此时朝着喀纳斯行去。路上多是文艺范十足的艺术家们,他们急吼吼地呼朋引伴,追逐着湖光山色、草地、蓝天、松树和童话般的红顶木屋。黎明和黄昏是他们最忙碌的时候,这里独特的风光是摄影家的天堂。他们都是急着赶路的人,就连在夜市上喝啤酒都是整瓶一口气灌下去,边吃边聊也如吵架般又急又大声。他们的心思其实都不在这,他们的心早就跑到了喀纳斯湖边那如梦如幻的清雾缭绕中去了。嘴里有一句没一句地说着无关紧要的话,其实心里早就幻想着要是能碰上一个纯朴美丽的图瓦姑娘提着奶桶如仙女般轻盈走来那有多好。白哈巴村、小五彩城、白桦林,这些才是摄影者镜头里的宠儿。布尔津只是歇脚的地方,他们是不太在意的。

　　我是个不着急的人。我没有直奔主题的能力。我是个闲散的人,所以我就坐在布尔津热闹的市场之外,看星空、看闪着银光的黑乎乎的河水,看浅浅的云飘来飘去。在风中睡去又被风叫醒,夜阑人静之后,又分明听到了时光走过的声音。

　　时光清浅,我是旅人。流云下,星光里,不知是人在梦中还是梦中之人。对着最后飘过的一朵云微笑,好像少年时,我对着他微笑,然后颔首,满面绯红。那些飘在天边的云,就像那些爱过的人。以为很远了其实一回头还是能看得见的。

　　明早我还要赶路,此刻,且让我沉寂。

　　静静的布尔津的夜色里,沉默的人不曾掉泪,只在心里怀念一段时光。碧天如水夜云轻。时光虽无语,白云却可传情。千万年来,瑶池阿母绮窗边依然日日痴唱:"白云在天,山陵自出。道里悠远,山川间之。将子无死,尚能复来。"

额尔齐斯石

生命的静流一直在暗涌。但对我这个只有不到五厘米的透明体来说，生命似乎永远是静止的，或者可以说我也许就没有生命。被宝贝似地藏在展览馆后面的屋子里，被放在一个封闭的玻璃展示柜里，被身下的黑丝绒衬得越发的透明，以至于虚无。这时的我虽然比玻璃柜子更加像玻璃，但所有的人都知道，我绝不是一块小玻璃。"它是什么？"每一个参观的人都会问。漂亮的讲解员回答不出来，只好一遍一遍地重复："这是世界上唯一的一块额尔齐斯石。"然后神秘地讲述一个地质学家在河边散步时，一脚在额尔齐斯河边踢出了我的传奇故事。

其实我自己千万年来也在思考着这个问题："我是谁，我从哪里来？要到哪里去？"

人类的哲学三问对一个生命长得没有尽头的物种来说，太难回答了。

可可托海群山环绕，它的东面北面是阿尔泰山起伏的群山，南面西面是一望无垠的准噶尔盆地。雪水滋润之下，这里土地肥沃，牧草丰美、湿润而绿意盎然。很久以前可可托海的牧羊人发现了这里的宝石，绿柱石、海蓝宝石、锂辉石、紫水晶、碧玺，这里就成了金山之下的聚宝盆。

千万年的时间对我来说也不过是睡一觉然后醒来。隐隐记得，只是一回头，就弄丢了自己，然后就在去向不明的夜空里不停地走呀走呀。直到有一天，忽然感觉到一阵风，我就跟着风一直行走，慢慢地我好像也成了风。但我总归不是风，我躺在了一个河床边上。身边是各种各样的石头，草在我们的身边无边无际地疯长。河水像时间一样笑着跳着往前涌去。石头们说我不是石头，不是它们的同类。它们都来自对面山上，河对岸那座山是一座像英武战士头像的高高的山。它们出身不仅清白，而且高贵。我只是低贱的不知从哪里来的流浪汉。在后来的很多年里，我和它们一样每天都尊敬地仰望着对面像武士一样的山，但武士却只是永远眺望着天上的云。我羡慕石头们通体的黝黑或者暗青，更有一些叫作宝石的石头，会隐隐透出其他色彩。它们是石头中的骄子，从来不屑于看石头们一眼,当然就更不会理我。我也羡慕岸边的花花草草们,它们虽然永远看不到冬天,但在春天和夏天会有不同的色彩,甚至秋天里的枯黄也让我羡慕。因为我是透明的,没有任何一种色彩,是没有归属的异类。在我们都不知道有一种叫玻璃的东西的时候,尤其显得怪异。阳光灼热,我和所有的物种一样,在天地间静静存在着,植物们会散发出各种气味,我更多的时候也是在眺望着天上的云,偶尔会崇拜地看对面的武士,我想不明白它为什么总在看云。

光阴比河水流得慢多了,风也比光阴走得快。我在风的絮絮唠叨中睡了好几觉,时间太多也是痛苦吧,日复一日地,日子好像就没有动过。

直到一个黄昏,我又迷迷糊糊准备睡去,一只脚踩在了我身上。我以为会和以往很多次一样,人会把我拿起来看看,然后再用力地把我扔出去,我害怕这种猛烈的运动,千百年来,我就是这样被捡起又扔掉。离石头们越来越远,已经快要到树下面了。岸边上不知什么时候成了白桦树的世界,这些秀气又漂亮的树很受人们的喜欢,在树林里人们来来去去的,我像看故事一样,有的明白,大多却是看不懂的。听说有的石头是有灵性的,可以看明白,还能记录下来。我没有这样的灵性,我是愚蠢的,我只是静静地看着。

那只脚,改变了我的命运轨迹。如同千万年前的那次回头。我被科学家们研究来研究去,也被切割掉了一些让别的地方的科学家研究。人们说我是宝贝,比那些宝石都要珍贵,比那些石头不知要珍贵多少倍。讲解员对参观的人说,这是地球上发现的仅有的一块,所含元素物质是地球上没有的,元素的组合也是人们至今所不了解的。和所有的陨石、陨铁也不同。人们判定,我是来自地球以外的物质。

我来自星河,我的所有记忆与故事都散落于星河。我来自地球以外,所以我与众不同。我透明的、虚无的身体里其实是无尽的宝藏。我依然静静地躺着,风儿在河谷里不停地传播着我的传奇,还是没有人知道我是谁,然而我知道,我就是我,独一无二的透明。

当有人来看我时,我就看看他们。没人的时候,我还是会想:我是谁?究竟来自哪颗星星?然而那些散落在星河的记忆已经不需要再去想起。心安处就是归处。

在可可托海的夜色里,我温柔地冲着天空微笑。

行走在梦的故乡

　　站在这片前无古人后无来者的荒原中，风与沙的低语让恐惧感减轻了一些。逼人眼的绚烂的颜色，让眼前不高的山很有压迫感。这是在一场秋雨过后，雨水只是将地皮的沙子稍稍打湿，空气中有一点泥土的腥味。山分五彩且不论，神奇在于这一片方圆只有三四平方公里的几乎封闭的小天地，仿若是与世隔绝的洪荒之地。

　　这里已经是一个很有名气的景区，可还是游人稀少。当我迎着夕阳走进这里的时候，只有我们。

　　准东就是准噶尔盆地东部。五彩城在准噶尔盆地的腹地。虽然只离着不到500公里，这个五彩城却只是从小听说从不曾见过。因为这里没有路，交通不方便的时候，来一次不容易。五彩城,在我的心中就如蒙着神秘面纱的女子,求而不得,深藏于戈壁深处。

我们是无意中走进这里的。因为一棵树的指引,于是在这个黄昏我走进了五彩城。

在大西北,榆树是一种神奇的存在。最常见最普通却有着神秘而神圣的意味。准噶尔多风沙,气候干燥。生命力极强的榆树在这里生长也是不易。我们都知道,只要有榆树,附近就会有人家。但这棵榆树却是个例外。

荒野之上、夕阳之中,榆树笔直,甚至有点树叶繁茂,空旷之中背驮斜阳显得卓尔不群。有人给我说过榆树与精灵有关系,也有人告诉我,旷野中的榆树是为迷途的旅人指引方向的。我本应该在富蕴歇脚,但想到五彩湾有个温泉,想看看在沙漠中的一眼泉会是如何的神奇。在这棵榆树的指引下,我此时却迷路了。沿着浅浅的车辆压出的土路,我来到了这里。

跑过的几只黄羊和远远站着像驴一样的野马,让我明白这里已经是卡拉麦里自然保护区腹地。在一个拐弯的路口我看到了几个土色的山丘。一个倒在地上的宣传牌,上面隐约有五彩城的字样。大漠落日,自有一种雄浑之美,眼前的荒原成了金色的世界。在一天中最美的时间我来到了这里。榆树不欺我,遇见是讲缘分的。神往的五彩城就这样突然地遇见了。

戈壁在黄昏是用金子铺就的。象征生命的绿色，在这里一点痕迹也没有。花千骨来到的洪荒之地可能就是这样吧。走在干裂的土褐色的盐碱地上，一脚下去就是一阵沙土飞扬。土是松的，如乌龟的壳裂开着，像大地张着干渴的嘴。天空中一丝云也没有，一圈土色的山丘，如阳光下曝晒的羊皮，泛起一股腥味。

越过山丘，肯定是无人等候。然而却有一座神奇的城堡在等我，这是多大的惊喜呀。爬上山丘，惊艳。三面环抱中，有一个入口。入口往山丘纵向裂开三条的裂缝，像是被巨手漫不经心撕开的口子。山丘低下成谷，成干涸的河床。大大小小的山丘，或独立，或相连，低下之谷仿佛城中街道。一些硕大的土石蘑菇点缀其中，几道浅浅的山梁在河岸旁，山梁上有零星的山洞。因为风蚀的原因，形成了一些动物的形状，多为蛤蟆、龟形。在谷中行走，恍惚间像一条鱼在河中游走，蘑菇巨大，人就渺小起来。河谷在夕阳下，泛着珍珠的光，蜿蜒如灵蛇。

土丘环抱之中是小小的世外桃源。街道通达、城郭高深、古堡俨然是个五彩的城堡。墙体似五彩的宽帛围绕而成，以红色为主，间以黄、蓝、绿、褐、黑，这是个彩色的童话世界，或者就是霍比特人的村落。在背后灰扑扑的土丘映衬下,目之所及的浓烈的色彩似从头上压下来,深红、赭红、黄、橙、灰绿,五彩斑斓让我避无可避。一色一道,每道里仿佛都有一种沉甸甸的神秘力量,这种力量仿佛蓄势要从五彩斑斓的表层破壳而出。之所以叫五彩城,大约源于此吧。

天地玄黄,黄沙之中,天风浩浩,云霞魅惑,可能是因为风声凄厉,我的心抽得很紧,好像有种神秘的力量与梦幻的感觉,我有点害怕,又有点熟悉,仿佛曾在此居住过。可我明明是第一次来这里。

空气干热,我呼吸有点急促,心中恍惚,脚下深浅不平起来,好似一个醉酒的人。这种情景,我只在首次回内地祖屋时有过一次。这种感觉让我紧张。

走在五彩城里,仿佛置身奇异世界,一切都是那样的光怪陆离。人们极尽想象,命名了兽面人身像、石人雕像、小矮人、猪八戒、雄鹰、金蟾、灵龟等,形状全凭想象,但那色彩却是勾人魂魄。风雕雨蚀赋予了这些泥土以生命。

天空异常高远,空气干烈让我将要无法呼吸。地面宽有半米的裂缝虽无声无息,但仿佛有地火在熊熊燃烧,隐隐要从里透出。阳光炽烈,光线如同翻滚的金色蟒蛇,这个小小的城池一时让我如入老君的炼丹炉。恍惚间,好像看到那些小小的洞穴中,有人来人往。没有行者的孤傲,我只是那世间最弱的一个女子，小城中一个小小的居民，和同类们在只有拇指高的空间里生存着，在天地苍茫中可以被忽略不计。庄生梦蝶，城里之我与城外之我，究竟哪个才是真我，又是谁在看着谁。不知是梦是醒。

有人的声音远远传来，指引我转过一个土丘，我好似从梦中醒来，回到人间。好一会儿神志才恢复。告之他们那里有如高层建筑般的一面山，里面有许多小房间，还有许多人在里面生活，我还看见了自己也在其中，而且我的眼睛黑而清亮，不像如今的浑浊而呆滞。

明明我是游人，却如何感觉是归人一般。引人再去看，却只是一个普通的土坡，只是略高大，哪里还有我先前看到的小格子的小屋子，里面形形色色地生活着的小人们。

却原来是桃花源记再现版，我只是武陵渔人罢了。

南柯一梦终需醒了。此时月亮已经上来了，荒原之月大而清透，凉气也上来了。是该回去了。我留恋地回头，不知自己是归去还是离开。山是山，又不是山。不知是时间的交错还是空间的交错。那一瞬，真不知今夕何夕，今生还是前世。明月如霜，只想记住自己那清亮的流转的眼睛。

暮色中五彩城越来越远，如遥不可及的梦。

后来也有人说过在夜色中见过五彩城门户、洞穴,仿佛是时空的另一个入口。也许这里容易让人想起洪荒远古,也许这里有暮色中狐狸跑过的轨迹。或者也许真是梦中的故乡,南柯一梦,庄生梦蝶。真焉,梦焉;彼我为真我,还是此我为真我?心为异之,是为记。

雪岭界天

　　我写天山、天池,应该是理所当然的。就是写多少遍,也是写不完我对它的热爱与眷恋。天山是当地人的一座精神坐标,在天山脚下生长,博格达峰就是我的精神坐标和精神图腾。飞机在博格达峰上空慢慢上升,我好像从铁灰的山梁跃过雪线,飞升到蓝天白云之上。白云在天,山峰在下,一直仰望的山峰此时如最常见的山地。

　　其实现在已是在万米高空。换了种角度看博格达峰,生出不同的情感来。作为一个地地道道的昌吉人,我对天山、天池的感情是渗在血脉里的。每一个晴朗的日子里,我都能看到博格达峰。天山脚下,我成长着。不识天山真面目,只缘身在此山中。一直被我们仰视的天山,在空中俯瞰却是另一种感觉，真实的铁灰上戴着雪白的帽子。山谷中的残雪，少了些许神秘感，雪线以上也没有见着雪莲。与平素里见的山，除了朗俊些，并没有什么不同。作为生活在天山脚下的人，天山天池景区是经常去的，富含高饱和度的氧气，一年常青的天山云杉都是吸引我上山的因素。从天上看不到天池，成片的云杉也只是绿色的色块。以前常听人说，此山可接天。

"雪岭界天人不到，冰池耀日俗难观。"天山天池是一个神奇的地方，池在天山，天在池中，山与水如此完美结合的地方，世间并不多见。天山天池是一个具有世界级资源品质和景观质量的特殊景区。

"若非群玉山头见，会向瑶台月下逢。"天山天池更是生长浪漫传奇的土壤。博格达峰与天池如同一对千年相守的英雄与美少女。西王母与穆天子的传奇，更是让天下有情意的人一咏三叹。美丽的天池是上天绘就的一幅画卷，千百年来令人心醉神迷。

"明月出天山，苍茫云海间。"云在弦窗边堆出了一个宫殿。那高高的柱子连起了山与天，一阵儿又轰塌了，四散流去，一刹那我想起了不周山的那个通天柱。夕阳近在眼前，将云彩镀上了深浅不同的金色。月亮淡淡的，浅浅的，在最高的那个山尖边上站着，似乎也在无语立斜阳。

万米的高空,被夕阳与云的组合吸引,大部分的人静默地看着窗外。飞机在云层间好像静止不动似的,机身反射着点点闪闪的光,偶尔会有点刺目。

每一次乘机,我最期待的就是飞越天山。有一年,恰好正读《三生三世》,看那云海中便有了九重天上的天宫的意思,低头看天山欲与云接的样子,真的感觉天山可与天通。

学过的天文地理知识告诉我,这样不切合实际的想法是不靠谱的。但总认为这样美好的事物,总要有些浪漫的外衣才好。有些事情,明知不是真的,却也愿意相信,就好像青年人对于爱情的理想化追求。

如果是夜色苍茫中飞过天山,天乌蓝,山更乌青。月清冷,星稀少。天地万物,互不干扰,各自欢喜。此时此刻,最为妙境,在灵山圣水的上空,任思绪飘飞白云间,然后洗心归去。

雪岭界天,人虽到,奈何却不是天上之人。我走过不少的山,也见过不少的人,只有心在天山,人在天山,才能心安心静。

虽说是心安处即吾乡,但偏爱却是戒不了的,在我人生的篇章中对天山总是另起一行的。此生愿与天山,坐看两不厌,可是我有心,山却无情。

种子的秘密

在我的情感中，没有一座山像天山一样重要。对准噶尔盆地而言，如果没有天山就可能没有它的存在。天山是一座桥梁也是一条通道。翻越天山是一件有挑战性的事情。骑着马翻过天山，流浪的人儿走到这个地方，神奇的风景会让悲伤的情绪有所缓解。

康家石门子岩画所在的山体是很长的侏罗纪山脉，据说形成于7000万年前的喜马拉雅造山运动。这里山体雄浑巍峨，呈赭红色，橙、黄、青、绿相杂其间，峭壁悬崖，层层叠叠，被誉为"百里丹霞丽景"。

岩画上方的山体柱立通天，专家说是形成时间约距今1亿年，是侏罗纪晚期砂砾岩柱状地层。站在这座名为卡拉扎祖的山前，有一种心惊的震撼。红色的石壁上刻画着不同时期的线条小人和动物。对这些线条组成的语言，我总觉得他们好像只是按下了暂停键。只要再按一下，他们就能继续跳起来，唱起来。而在他们的上方则是通天神物，卡拉扎祖山，如天柱，如叠起的一层层的梯田。这些梯田组成的高达200多米的天梯，背风向阳笔直挺立。这些连绵的丹霞山脉与远处的天山雪峰相对着，一白一红。

蓝天上几朵白云一直俯瞰着这些天梯，亿万年来没有看到有生物走上来。这一层层的梯田上长满了粗壮的葱，一粒粒硕大的葱球怒放着粒粒小白花。这个直刺云霄、贯通天地的巨大天柱看起来又像是神树的一段树干。高大地让仰视的人心惊胆战。

古人也许也有这种感觉，所以他们觉得这里很神奇。居住在这里的古人将康家石门子岩刻画与其所在的丹霞山体视作神圣的宇宙中心。这里藏风聚气、阳光充沛，人迹罕至，如人间仙境。这独立的丹霞山体柱，应该是古人崇拜的天梯，它应该起着沟通天地的作用。天梯、神树，这里应该是前人所谓的"绝地天通"之地。所以从3000年前，他们不断在这里记下高兴的事，崇拜的事，害怕的事。高耸入云的仙山，除了形态奇特之外，据说还有传声放大的特殊声音传播效果。说是在岩体南侧山脚下，人们可以清晰地听到附近山中任何一处地方所发出的声。岩画所在的石壁附近听到的声音最为清楚,还能听到附近山的声音。我试了试,只听到风声凄厉,天空中老鹰飞过时也没有发出声响。

天地烟尘,风是自由的。风和牧羊人一样深爱着这里的每一只羊羔,敬畏盘旋在空中的苍鹰,习惯了草原山谷里的风雨和烈日。牧羊人放牧羊群,也放牧着时间和自己。山谷水草丰美,景色静美。站在谷底,我仰望这根通天的柱子,心生敬畏,不敢发出声响,总觉得抬头就能看到《三生三世十里桃花》电视剧里的场景。在这个地方,没来由的我有心惊的感觉。其实让我敬畏的是心中无解的疑惑:这一层层的粗壮的葱一代代从何年开始在这里生长,又将生长到何年? 为什么会是葱而不是其他的什么植物会被选中长在这里? 在这植被并不茂盛的地方,这里会长出这样醒目的、茁壮的植物本身就是一种奇迹。我猜想会不会是风,或者是老鹰们带来的种子。但风应该带不动这些种子,老鹰又是从哪里找到这些种子,它又何必种下这些呢,老鹰是肉食动物呀。我一本正经地思考这些问题的时候,看起来好像是个傻瓜。远远的,呼图壁河咆哮着冲向石门子水库,如鬼斧神工劈开的巨大石门,雄伟壮观。近处山体色彩斑斓,远处雪峰上积雪千万年不化。山腰处的羊道上,一群小白点在光秃秃的山上行走,那是觅食的羊。亘古如此,万物没变,连我们在自然的眼中也与几千年前的人没有区别。沧海一粟,白云苍狗。连最八卦的风都懒得管这些事情,所以关于这些葱的来历,我经常性的瞎想,可能真的是无聊的事情。山风吹过,日月照耀,自然界有它自己的理由和法则,这些是自然的秘密,我没有办法洞悉。这个秘密也许岩画上的人们曾经知道,但他们说的话,我听不懂。这些秘密对我而言就永远也只能是秘密了。风儿打了个呼哨从我身边走过,我抬起头认真地看着这一层层的葱。我是谁,我从哪里来,又往哪里去?这人生终级三问,这些葱只需要两问。它们哪里也不去,就在这里一代代生长。

在春天播下种子,在夏天开出花,在秋天又结出种子。然后在冬天孕育着新的希望。

再柔弱的花也会开,再纤细的草也会绿,再高的山也会长出葱,就如同再娇美的容颜也会老去,这些都是大自然的规则,我就是想再多,也是没有意义的。

风好像理解我的心情,当光影恰恰好停留在一个角度时,那个天柱更加的雄伟起来,换个角度,天柱更像层层垒垒的城堡。风安静了,和我一起看着这些也许是来自天上的种子。我们不再探索这些种子的秘密,只想静静享受夕阳此时的绚烂。阳光轻轻抚过我的脸颊,很温柔。

万物生于天地间,理所当然却也生而不易,相互尊重、相互关顾、相互温暖,如是便很好。

史书上记载着曾有个地名叫作葱岭。

准噶尔情歌

　　人生如逆旅，我亦是行人。能有一壶酒，足以慰风尘。年岁越长，越喜欢苏轼的词。有时想发两句牢骚，就有人批评我：人生缘何不快乐，只因未读苏东坡。林语堂曾说：他的名字只是一个记忆，但是他留给我们的，是他那心灵的喜悦、思想的快乐，这才是万古不朽的。每个中国人心中，都有一个苏东坡。他把别人眼中的苟且，活成了自己的潇洒。人到中年，才明白，就连这个让人羡慕的人，前半生还是苏轼，后半生才是苏东坡。

　　生命如果是一段旅行，我的旅程就集中在准噶尔盆地。自从50年前，我的父母分别由江南和中原来到这里，江南的一支就在准噶尔盆地生根发芽。天山脚下的昌吉，曾被乾隆赐名为宁边城的地方,就成为我的家乡,我在这里成长。

准噶尔盆地位于新疆的北部,是中国第二大的内陆盆地,盆地腹部为古尔班通古特沙漠。东北为阿尔泰山,西部为准噶尔西部山地,南为天山山脉,面积约38万平方公里,海拔在500~1000米。这些数字是抽象的,准噶尔于我而言是具体的一座座山,具体的一个个熟悉的地名,具体的一个个人和各种心情与体验。天山、博格达、阿尔泰山、喀纳斯、伊犁、那拉提、哈密、吐鲁番。更为熟悉的是昌吉、阜康、吉木萨尔、奇台、木垒、玛纳斯、呼图壁。这些是我所在的昌吉州的行政管辖县市。北庭都护、瑶池、西王母、女儿国、流沙河,胡杨、雪莲、白桦林。还有一些外地人觉得独特的地名,都给我的家乡添上神秘而迷人的色彩。

若非群玉山头见,会向瑶台月下逢。瀚海阑干百丈冰,忽如一夜春风来,千树万树梨花开。这些从唐诗里走出的图画,描摹的正是这里的寻常景象。一抬头就可以看见的天山是我回家的路标,博格达峰长年不化的积雪在阳光下闪着银光,像一个戴着银帽子的老爷爷。在他慈祥的目光里我成长着衰老着。

有时会想一个人,只是为了一个地方,有时会想一个地方,只是因有一个人在那里。我热爱准噶尔盆地,只是因为这是我的家乡。一片雪花从博格达峰飘来,一缕清风从将军戈壁掠过,一朵白云在北庭故城久久徘徊,千万条清泉在天山北坡欢快流淌,如织草原、如黛青山、无垠雪原、粗犷沙海、孤傲胡杨、戈壁村落。这里是我今生美丽的家园,一个昌盛吉祥的地方。

无论你从哪里来,到哪去。如果你是我的朋友,请到我的家乡来看一看吧。这里有最蓝的天空、最白的云朵,接天的雪山,浩瀚的沙漠,无垠的戈壁,蜿蜒流淌的天山雪水催醒的绿洲生机。45°N,85°E,地图上这个坐标指向的是准噶尔盆地,这里就是我的家乡。准噶尔蔚蓝的天空下,我们演绎着我们的一生。

有人会说它荒凉,但没有一处家乡是不美的。大漠孤烟,天蓝云白,黄沙绿洲,在这里往往会唱出最动人的情歌。

驼铃在丝路北道回响,摇曳出韵味悠悠。

在离海洋最远的地方,山上的雪水汇成河流。静静流淌的河水深情地诉说着对准噶尔深深的依恋,一阵阵从雪山上吹来的风高调地唱着准噶尔的情歌。多少次想用语言去命名对一株草木、一朵云、一座雪山的情感。陌上花开蝴蝶飞,黄沙漫天冰峰烁,准噶尔亘古年轻。从心里流淌出的对它的赞美与热爱,汇成传唱不歇的情歌。天荒地老,我终是沧海一粟。身体是灵魂的安生之所,对我而言生命之旅不论是路过,还是归来,准噶尔都是横亘于我生命的精神高地。它的前生今世都将铭记于我心。

如果我是一株草,准噶尔就是我生长的草原,如果我是一粒沙,准噶尔就是我栖身的沙漠,如果我是一朵花,准噶尔就是我盛开的绿洲。如果你在梦中曾经来过这里,你也许会看见我在云朵下手持长缨纵马驰骋;会闻到醇香的奶茶从毡房飘出,会有一个美丽的女子,赶着羊群在黄昏轻唱情歌。

此心安处是吾乡,不论乡愁且让我诗酒趁年华,为君轻唱一曲《准噶尔情歌》,人生旅途思忆漫长,千千阙情歌唱罢,终有余音绕心。

万事皆云烟,真情留心间;烟雨平生意,为君歌一曲。

花河

　　从春到秋,这条河都有花。从最早的榆叶梅到玫瑰、丁香、牡丹到最后谢了的不知名的小野花,一条河一直是花香缭绕的。这花河是我每天都要走过的。

那河

　　水无所不纳,有水的地方因而更具包容性。人们对于水的渴望犹如对于生命本源的渴望。水让一个城市有了灵魂,有河的城市无疑是幸运的。穿城而过的河流赋予一个城市太多的浪漫,如塞纳河于巴黎,如莱茵河于维也纳,如黄浦江于上海。

　　我也是幸运的,因为我天天要穿过一条河去上班,将一件枯燥的事硬是做成了浪漫的事。尤其是在昌吉，一座缺水的西部小城。对于我这个生长于戈壁沙漠边缘的昌吉人来说，对水的渴望是很强烈的。所以当每个清晨，我提着饭盒由远及近靠近这条河，又由近及远离开它，就仿佛是每天固定的一个程序。

昌吉河与罗克伦河，现在叫头屯河与三屯河。从天山上下来的两个姐妹，从昌吉的城边边上过，并没有进城。昌吉城里没有河，也就少了一份浪漫的气质。没有什么，就更渴望什么，对绿色生机和生命希望的渴望，促使昌吉人做了一件大事——引河入城。这条河就是滨湖河。

滨湖，湖滨，充满水汽的名字，总让我想起西子湖边的浪漫和湖滨路美味的小吃。最美丽的夏日之晨，太阳上班了，我也上班了，河水迂回曲折、河岸起起伏伏，蓝天明澄、白云悠悠。曲线玲珑的河岸一波三折，水波儿且停且行。鱼游河中，鸟掠河边。行走在滨湖河岸边，扑面而来的是满眼的绿。黄昏时分，夕阳金色的光辉映照在绿草如茵之上，落日熔金、碧水成璧，草镀金边，喷灌如虹。行走在这绿色中，感受时光静美，小悟禅意。

夏日的晚上，轻风让下班的路更加温柔起来，一河灯光引来满城璀璨，一条河带给我的欣喜驱散了俗世俗事带来的燥气。

临水而居演绎着美好的精致，阳光、绿色和清新的空气,可以聆听蟋蟀的鸣叫,也可以悠闲地走在蜿蜒的河边。

月上柳梢归,且听穿林打叶声。

水岸间绿草如茵,深吸一口带着水汽的空气,感觉这个边城的灵性。在戈壁沙漠间,不经意与滨湖河相遇,与绿色相遇,是昌吉人豪爽的大手笔,也是昌吉人对绿色、对生命的热爱。

听鸟鸣,观流水,看云卷云舒,最平凡的生活好像也如风景一般了。

那花

清晨,晶莹剔透的露珠在每一片花瓣上滚动着,阵阵清淡的香气在空中弥漫,向人们昭示着一天幸福和谐生活的开始。

晨光中,那些花儿们醒来了,云正好飘过来,风也刚好路过,而我也恰恰好在这里。那些花儿每年都准时来到这里,春天连翘黄、榆叶梅红、丁香紫等相继染遍河边;夏天就是繁花似锦了,春天大把大把撒下的花种子,不起眼的小叶叶一夜之间就长大了。某个清晨,突然地就满地都是各色的小花了,白色的小雏菊、蓝色的马兰花、紫色的鸢尾花、黄色的萱草,在脚边的每个角落展开着。河边上各种菖蒲和类如薰衣草的千屈草一粉一紫相对开得热闹。在这些正经种下的花旁边,还不时长出一枝枝牵牛花,小小的粉白花吹着小喇叭,无声地热闹着。这种野地里最常见的花,现在很少见了,在这里却长得很是自在。这种很土气的花,还有个很文气的名字:夕颜。

千江有水千江月,一河花开满目情。这花河寄托着深居戈壁的人对生命的热爱,展现着我们安居乐业的心态。花河的意义就如同绿洲对于戈壁。

徜徉在滨湖河,那迷人的水景,令人流连忘返的绿色生态,即使再挑剔的人,也会被这里的魅力深深折服。

潺潺流水、如茵草地。尤其是河边一带密密的野花,最多的当属波斯菊,高达人头。我常常误入百花深处,沉醉不知归路,恍惚间,花开寂寞,我心寂寥,相对两无言。

马兰花

故事,是从一朵花开始的。一滴露珠在蓝紫色的花瓣上流动时,太阳就从天山上跳出来,一路朝着准噶尔的戈壁上跑去。马兰花是戈壁上最早醒来的花。戈壁上的花都是不起眼的小花,颜色灰扑扑的,与戈壁很相称。马兰花的蓝紫色在这片土黄中很显眼,朝阳中马兰花笼罩在一片金光闪闪中,一片蓝紫色上流光溢彩。风静静的,沙砾静静的,阳光却暖暖的。马兰花一丛丛离得不远,细长的绿色的叶子,如细细的长针舒展着。天地无语,花也无语,就这样挺好,虽然不说话,光阴走着,故事展开着。

过几天,人们就要来采这些马兰花的叶子,端午就要到了,这些叶子是村里人包粽子用的绳子。远处的芦苇叶子还嫩绿着,还

83

没有长成可以用的大小。叶子有点着急,努力地成长着。它们生来就是要在端午节前包粽子用,如果赶不上,这年就白白过了。花草虽是只开一季,但一季对它们而言就是一世。有了这世,谁也不能保证还有下世。所以在这世,它们拼尽全力生长着、怒放着。

马兰花马兰花,风吹雨打都不怕。淳朴的乡间人毫不掩饰对这种坚强而热情的野花的喜爱。在准噶尔,马兰花就是戈壁上的公主,环境虽不适宜生长,但马兰花的气度却依然是不凡的,一朵朵紫色的花开得灿烂。小小的花儿,饱吸了戈壁夜空的星光,饱吸了戈壁白日天空的蓝,所以紫得饱满盎然,在朝阳中璀璨耀眼。

马兰花又叫马莲,在北方的农村随处可见,从暮春开始,花期有 30 多天。在准噶尔的绿洲上马兰花一丛丛挤在一起,因为地下水的多少,呈现出不同浓度的绿色,将其他植物常见的灰绿色明显比了下去。马兰花在西方被称为爱的使者,这种蓝紫色的鸢尾花就有点与众不同了。

公园里种了红色、黄色、蓝色的鸢尾,马兰花虽也是同种,但因为常见,只有野生的偷偷长在边边角角。两三年以后,公园里其他的鸢尾不见了踪影,只有马兰花越发茂盛。有一天,一群穿着蓝紫色长裙的女人们像一片蓝色的雾在公园里飘来飘去。这些女人年纪已经不小了,每人手里拿着书,坐在公园里开着读书分享会。这是一个叫马兰花的读书沙龙的书友们。来自不同行业,文化程度不同的女人们在公园里开成了最大的一丛马兰花。几年过去了,沙龙的女人越来越多,不论她们的容貌如何,每个人的气质越来越相像,那是被书香浸润的结果。最是书香最怡人,读书成为女人们最好的滋养品。在准噶尔盆地,这丛美丽的马兰花自由自在,恣意地开放着。

白桦的仰望

这是一片极小的白桦林。只有20棵左右的树，疏离地分散在一个小坡上。也就是三四年的光景，这些树长高了，我仰起头也望不到树的梢，树干却没有长多粗，只从我的一个拳头大小长到两个拳头大小。它们不像这边的青杨喜欢互相聊天，大大的巴掌似的叶子总是很夸张地哗哗地摇过来摆过去。白桦林每天和我一起仰头，睁着大大的眼睛仰望蓝天，追寻阳光。白桦树在我的印象里是沉默的，我有时揣测：一棵树能记住什么，又会忘记了什么。时间就像风吹过，树林边上老人坐着打盹，我猜测着这些白桦树其实也在打盹。等它们一觉醒来时，树下人应该已经换了好多茬了。从树下走过来走过去，仔细看着每棵树上的眼睛，看着看着就看出了不同。有的眼睛率真,有的忧郁,有的温柔。

　　夏日的深夜,下了夜班,路上没有其他人,花草们也睡着了。夏风此时才跑了出来,高兴地与青杨们聊天南海北的见闻。一弯月悄悄地挂在天边,倾泻下细微的光,虽然,这些光不足以照亮脚下的路,但却勾勒出白桦林那些空灵的树影。花香太浓烈,我有点醉。仰头看乌蓝的天空,宁静自脚下冉冉上升,与飘浮的云融合在一起。

　　仰望天空时,好像自己也成了一棵树,灵魂不觉得也干净高贵起来。好像也懂得了仰望天空的白桦树的那份执着与坚毅,我看到了树身上的道道伤痕,却不会懂树经过的艰辛和曾遭受过的风雨。

　　淡淡的月光下,白色的树皮上的文字清晰起来。白日里,总是匆忙,没有看过这些文字,夜色中反而看到了每棵树上的文字,内容全是一个个痴情的人无处可诉的深情。字有大有小,有美有丑,但情意却是一样的真。这些无奈的情意只有在暗夜中才如狂躁的风一次次漫卷上来。没有倚剑对风尘的机会,只能在无人的角落里让这些白桦树替他们诉说,这些情深无处可诉的人们以为找到了自己的树洞。但这一只只眼睛只是冷眼看着世间循环上演的这些情情爱爱。

　　我羡慕白桦树的仰望,可能前世我也是习惯以一棵树的形象站立,默默地看着世间的喧嚣和孤寂,默默地聆听万物的私语。当抬头仰望着天空的时候,灵魂是自由的。仰望,是生命飞扬的姿态,是与自己灵魂交流的方式,是与天空、与云朵、与世间的对话。

在天地间的挺立,是一棵树自尊的仪式。非常沉默,非常骄傲,从不依靠,从不寻找,这是白桦树的自尊。白桦树在夜风中绽放渴望,然后把喜怒哀乐、四季悲欢藏进年轮里,在无数个寂寞的夜里仰望。

深情的眼睛

　　细细的树干,窈窕而有风韵,像十七八岁的舞者,挺着纤长的脖子。这些娉婷的白桦树,只有不到20棵,却因具有风情,招人怜爱。尤其秋日的晴空之下,金黄的叶子披在白色的树干之上,分外美丽。

　　我喜欢这些树,还因为喜欢树干上那些深情的眼睛。

　　白桦树皮上总长有一双双多情的眼睛,极像美女的横波柔情的美目。"但为君故,沉吟至今。"白桦树不说话,看着这些深情款款的眼睛,我总会想起这句诗。

　　夏夜,人迹已经稀少。我独自走过这些白桦树,唱着朴树的《白桦林》下班回家。夜路走多了,胆子越发地大起来。一个人走在公园好像整个公园都是我的,有点奢侈。我慢慢地走着,抬头看看云儿与月儿互相追逐,低头看看湖水如镜,倒映岸边的灯火辉煌。映着明亮的月光,我看到了白桦树的秘密:在一棵树上,刻着一些名字和我爱你之类的语言。还有简单些的只是刻了个心形,里面有一个名字。

惊诧之下,我细细看了起来,10多棵树上都有这样的字迹。

情不知所起,一往而深。

不知何人首先在树上记下了自己的爱情,也不知是在何种情景下刻下这些字。但可以想到刻下字的每一个人,都是有故事的人,都有一段情,有一段无法对人言说的感受。再往上面的字就看不清了。我看到了开头,却无法看到结局。

后来的日子,走过白桦林,总会有意识地抬头看看这些深情的眼睛,欲说还休的眼神里一定是想讲述一些伤情的故事。无法对人言,更无法对想要说的人言,只能默默对这些树言,这是何等的伤情。"我有所爱人,隔在远远乡,我有所感事,结在深深肠。"白居易有情无处诉,只好寄情诗歌。寄情于白桦树的人是如何的无奈,情无处所寄,只好封藏在这些深情的眼睛里,封藏在心的树洞里。

在花好月圆之夜,我看到的竟是这一寸相思之地。奈何天伤情日,不知这些有故事的人的惆怅与那些树上名字间的故事,但明白世上文字八万个,唯有情字最伤人。这些树能保留多长时间？岁月总是无情,只怕是十年踪迹十年心,再见时写字的少年已经不再年少,物是人非后还有人能记得当时的明月和彩云吗？

但愿天下有情人,不负相遇不负卿。

每每路过,都要指给人看,看这些深情的眼睛。

无情不似多情苦,能放下天地,却放不下你。

花神记

　　草木对光阴的钟情，就是对生命的依恋。

　　在《诗经》里，可以遇到许多草木，它们的名字读起来磕磕绊绊。采薇、采芹、采蕨。古老的名字用古老的语调吟出来，自有一种韵味。走出《诗经》的时光，草木都按自己的秩序生长，从不以人的意志改变生命的规律，只有人以短浅的见识将草木与自己的情绪联系在一起。草木真的无情，它自悲喜，与人又何干。人一贯喜欢自作多情，其实我们从不识草木，草木的灵性从来只为天地而存在，人类的寂寞真的与草木无关。

　　草木不语。它们只相信大地，人无法取得草木的信任。无论人如何种植或毁坏草木,它们都不会理睬,人类羡慕的目光只能在草木间或隐或现。我一直相信,每一朵花都有灵魂,那些美好的灵魂只是寄居在外形如草本的壳子里,就像人类,外形好像是一样的,但内心与内涵却也是不同的。人的外壳下,有的是狼有的是羊,甚至有的是天使,有的是魔鬼。草木与人都一样,美丽的外表与有趣的灵魂这两个元素有着好多种组合。当然草木要比人美丽多了,外表与灵魂都如此。

　　原来的房间光线不是太好,我种的花儿们长得都不精神。自搬到了顶楼,有万般的不便却光线极好,一年四季阳光普照。大大的窗台上一开始摆满了花盆。热闹的姹紫嫣红之后,一盆盆的花草开始枯死。名贵的花儿自是难养活。在我精心的养育上,一些枯死的开始发出新芽。拿着清水浇花,其他花儿懵懂不知,只有一盆蝴蝶兰和一盆茉莉,微微向我点头颔首。花枝儿颤着,叶片儿轻摇。我那时喜欢看《花妖客栈》一书,以前看聊斋,以为只有大些的花儿才能成精,看了那书,喜欢那个瑶池边得了仙气的小芍药。不是姚黄魏紫,也能得仙气,这让我认定了这两盆寻常的花儿定是因为生在天山脚下,离瑶池极近得了仙气。虽不能成精成仙,但也是有灵性的。所以是格外地关照。每日清晨,我会准时浇花,与这两盆花儿说说话。那花儿们也是争气，细细一枝茉莉一个月内居然陆续开了25朵花儿。蝴蝶兰虽只开了小小的花朵，可那紫色的花朵硬是陪着茉莉开了30多天。一白一紫，相得益彰，煞是好看。这让将20盆栀子花养死的我得意了。

　　突然间接到命令离家，等再回家已经是37天之后。没有料到的是，一屋子的花草还有四盆活着。尤其是一盆蝴蝶兰和一盆茉莉，不仅活着，还活得很好。蝴蝶兰打了个小小的花苞，在我回家的那天夜晚悄悄地开放了，月下朦胧似披纱美人，过了几天竟开出了两朵并蒂双生花。像个大头娃娃似的茉莉，一根细细的茎上发出几枝来，上面叶子多，根部只有细细一点，总怕它会一下子折断。回家后一看，它的几片叶子虽绿着，却干了，其他的枝条都干死了。新发出的一小枝叶片却肥大而绿。浇了两天水后，从根部发出一枝来，尖尖的如一支笔。这枝条速度惊人，两三天的时间，已经长得超过了其他枝子。天天夸它们长得好，它们好像听懂了一样，频频点头回应。风儿吹过，它们高兴地舞蹈。这次蝴蝶兰花开了两个月，我命名其为"花坚强"。

　　手儿抚摸叶片，花枝儿颤着，我想是花儿们在说话，它们的语言我听不懂，但我知道，它们是用肢体语言在说话，叶子不是在跳舞,而是在对我说话。这另类的语言让我能感受到它们的快乐。虽然是不同的物种,但我们在同一个时空生存并且心意相通。每当轻轻抚摸叶片,叶儿快乐轻摇,我就想它里面一定有个花神。诚信万物有灵。

问花

我喜欢茉莉,种了多次,总是长不好。黄昏暖暖的余晖里,我问茉莉:"为什么你总长不好,难道我对你的喜爱你感觉不到吗?"茉莉静静地望着我,良久才说:"我要的是阳光的照耀和清风的吹拂,而你却用爱把我囚在温室里。方式不对,再多的爱也没有用。"我沉思。后来,我把茉莉种在了院子里,虽有凄风冷雨,茉莉却一天比一天健壮,终于,开出了芬芳洁白的花朵。

草坪里有一棵树枯死了,我把一株桑叶牡丹和一丛菊花种在了那里。在夏日灿烂的阳光里,花儿长得很好。牡丹结了花苞,深红的瓣探出了头,等着看这个新奇的世界。然而在一个平静的午后,新来的清洁工用割草机面无表情地把它们推得和草一样整齐划一。我看到了绿色草地上的那一点残红,桑叶牡丹对我说:"我是牡丹,他却以草的标准来要求我。现在我和草一样高了,还有什么活着的理由呢。"第二天,它就枯萎了,成了我不能言说的伤。

　　同样的命运也落在了那丛生机郁郁的菊上。一周后,我突然发现在菊的根部发出了一个嫩芽。那种欣喜是无法用言语表达的,恰如好友隔世重逢般。"菊呀,是什么让你有勇气重生?""虽然他们用草的标准要求我,可我不能忘记我是菊。无论别人如何看,我永远都是菊。"

　　住在一个美丽的城市。大街两边都是鲜花,尤其是四五月草长莺飞之时,满城的玫瑰香飘云天外。如红云般的玫瑰随意地在路边绽放,其实并没有人为它们驻足,它们开得那么热烈却很寂寞,我不禁问:"玫瑰,玫瑰,请问你是为谁开放,并没有人在欣赏你的美丽。"玫瑰莞尔:"你闻到了花香浓,就别问我花儿是为谁红。"

　　街头路边一丛丛的串串红默默地涂抹着边城的夏季。对于路边花,人们已经熟视无睹,仿佛它就是路的延伸似的。也许只有很多年后才会出现在有些人的回忆里。尤其是这种为矮喇叭当衬花的串串红,更没有人注意它。偶然地,我蹲下来看到了它们,虽然它们是那么普通,却很认真地开着,为其他的花当着陪衬。我对串串红说:"说实话,相对于那么多美丽的花,你们那么普通也不香,没有必要开花。""不能这样说,世上虽有香花无数,可既然是花就要开放。就算没有人欣赏,我也要为自己开放。"

茫茫戈壁上,一朵浅紫的不知名的花,在风中摇曳。我替它不平:"同样是花,你的生长条件也太差了。你太可怜了。""可怜的人呀,你太浅薄了。只要是花就不可怜,它可以绽放生命。人才可怜呢,因为人没有根。"

家里有一大束从云南带回的干花,这些成了标本的生命静静地在屋子的角落里回忆着曾经的灿烂。"花呀,你还能被称之为花吗?""能呀,一生为花,终生为花,只要花魂在,花儿就永远绚丽。""来世也让我为花可否?""何苦呀,你岂不知女人如花,花似梦的道理。"

春风来又走,花儿无语守候。

零花水岸,花飞漫天,谁人能解花的多情。

起风了

　　起风了,风在努尔加大峡谷里徘徊着,绕了一圈又一圈。峡谷很长又很绕,细腻的红色沙土在有水经过的地方平滑成泥镜,没水的地方全是细细的沙。红色的沙与山坡上春天浅绿、夏天翠绿的草地相映着,在蓝天与白云之间,无意中就绘就了一幅油画。

　　大自然是最杰出的画家,随意地涂抹几笔就是佳作。努尔加这幅画有着西北人的特征,豪放洒脱。

　　三屯河从天山走走停停来到这里,经过努尔加这些红色的山,冲出不规则的河床。河水有年丰盈有年又干涸,千百年的冲击,让河床宽阔而平坦。人和车都是在河床里走的,这里没水的时候多。这些大自然造出的通道,历经亿万年冲刷而成,每年只有春

99

天从天山上的天格尔峰冲下来的雪水浩浩荡荡地将这些河床巡视一遍,其他的时间,河床就是山坡怀抱里的平地,到冬天的时候,厚厚的白雪将这里打造成天然的滑雪场。近几年,因为《大秦帝国》《玄奘》等影视剧在这里取景拍摄,旅游在这里热起来。夏季这里成了游客的打卡地,山谷里的金雀花不再寂寞地开着,黄色粉色的花朵一片片如云般在山风中招摇,衬托得蓝天上的白云有点单调。以前翻过一座座山梁的牧人,都做起了与旅游有关的事情,只有很少的羊群,自己放牧着自己,静静翻过山梁。

冬季,这里的山坡就是天然的优质滑雪场。建成的大型滑雪场据说有国际水准,春节假期时据说一票难求。山腰上成片的小白点是觅食的羊群。草一年多,一年少,多的时候山上有绿色,白色的羊群走在其间很漂亮,草少的那年,山是土黄色的,羊也带着土黄色,不显眼,走近了才能看到它们。来自天格尔雪峰的雪水是这里生命之水的源头,亿年的雪水养育着这里所有的生命,包括我们。还有这些色彩斑斓的红色沉积层,浸染出光彩夺目的地质"色彩骨架"。

努尔加的风景依旧美丽,水库大坝上的野油菜花依然摇曳着。起风了,山谷里的风还是莽撞地吹着哨子跑来跑去,听起来好像在陪着伤心的人哭泣。在努尔加的风中,我能感觉到它可以明白我的心事，我高兴时它就歌唱，我难过时它就哭泣。这个哨子风通人性，风儿曾跟着我奔走在大漠匆匆的脚步，陪着我的丝巾在戈壁上飘散，偶尔也会轻轻地抚摸着我的脸颊。

在努尔加的蓝天白云下，我想明白了一段文字：如果有来生，想做一棵树，在风里飞扬，从不依靠、从不寻找。如果有来生，要化成一阵风，从不思念、从不爱恋。希望每次相遇，都能化为永恒。

希望也只能是希望。人们更愿意在山风里、在落日下留恋这些比文字还美丽的风景。起风了。这里的每一场风，都经过我刮往远方，那些春天的清爽、夏天的干热、秋天的温暖和冬天的寒冷就在风起之时，在我的身边哗哗响动又飘远。如果真有来生，我会希望什么呢？

起风了，我在风中沉思。

野菜帖

五月天山雪,无花只有寒。大西北的春天来得晚。在天山一带,到了四五月份,春天的身影才悄悄来到。戈壁、田边一夜春雨之后,染上了一抹浅绿。看着这些浅绿就知道,尝鲜吃野菜的时间到了。

天山一路走来,到这里一改冷峻的严肃,变得柔美起来。这一带也被叫作大青山,山下是青青的草滩,叫三工滩。曾是古庄劫国的国都。

大青山吸引人们的是山上清冽的空气、鲜嫩的野菜和瓦蓝的天空。这里离城38公里,是最近的自驾游的好地方。一到周末,小城里的人就呼朋唤友,举家出动,开上车,带上风筝,带上烤肉炉子,准备上小铲子、布袋子,浩浩荡荡进山了。

男人们生炭火炉子,准备烤肉,孩子们放风筝。而女人们就开始上山下滩地挖野菜。

草滩上的野菜主要有三种:老鸦蒜、黄花菜、沙葱。半山坡上则是一坡坡的刺铃铛。

老鸦蒜的花朵嫩黄,配上细细的长条叶子,非常好看。在灵香山的大门前一簇簇的。老鸦蒜的根恰如小型百合,白而嫩的蒜头,清甜多汁。但挖起来却非常困难,因为这里干旱少雨,植物的根系都比较发达,一般地下部分是地表部分的两倍多。而且分布很分散,一株与一株之间离得较远,老鸦蒜属于石蒜科,花朵类同百合花,据说有清热解毒的作用,可以对抗春天的各种病毒。

蒲公英当地人称为黄花菜,采的是其嫩叶。也有人专门只吃黄黄的花朵。刺铃铛还有个名字叫骆驼刺。骆驼刺只能吃花,花有两种,粉红色的与黄色的。粉红色的口感要更好些,小小的花朵如一个个小铃铛。骆驼刺中的蛋白质含量超高,是骆驼的最爱,因此而得名。但其刺太多,采摘非常困难。女人们首先要做好防晒工作,然后开始戴上手套一朵朵采摘。为了吃到美食,小刺扎到手是顾不上喊疼的。一朵一朵摘来,大半天才能采一小碗。

还有黄色和红色的野蔷薇,那可是极品中的极品。当地人叫刺玫花。也是刺多花艳,吃起来口感香甜,比玫瑰还要好吃。

这些专门用来吃花的野菜,做法主要有:一是生吃,洗净直接入口。二是拌成"琼琼子",拌上面粉上笼旺火蒸15分钟,然后加上香醋、油泼辣子、油炸过的花椒粒、蒜粒、葱末拌食,亦饭亦菜,食之香辣爽口,吃完出一身大汗,极是酣畅淋漓。另一家常的吃法是用葱花热油炒食。

但鲜花最好还是生吃,晒成干花泡茶也是不错的。用蜂蜜腌成酱用来抹馒头是极好的。

老鸦蒜、黄花菜都是可以全株入食的。在开水中焯一下,加精盐、味极鲜酱油或蚝油拌食则清香满口。

沙葱,是干旱地区特有的野菜,又名蒙古韭菜,属百合科葱属。一般只长在戈壁滩上。在地表上是极细的一茎细叶,茎叶针状,开白色小花,是沙漠草甸植物的伴生植物,常生于海拔较高的砂壤戈壁中,因其形似幼葱,故称沙葱。由于沙葱在戈壁中生长分布零落,采割极不容易。

沙葱是西北人喜爱的佳肴,其与肉、蛋等一起烹调的各种菜肴,具有浓郁的地方风味。沙葱腌制后其味辛而不辣,色泽深绿,质地脆嫩,口感极佳,是炖肉、佐餐的佳品。沙葱嫩茎不易久储,可炮制时令佳肴——水汆沙葱:把沙葱嫩茎洗净,放入开水锅焯一分钟,然后捞出拌上精盐、陈醋,吃起来别有风味。

沙葱营养价值高,具有一定的药用价值,富含多种维生素,性醇味辣,助消化、健胃,可谓野菜中的佳品。对当地人而言,沙葱最基本的吃法就是剁入新鲜羊肉包饺子,沙葱饺子是当地的时令美食,远离家乡的人,馋的就是这一口。

甜苣,当地人叫其为野笋子,路边只要有土,就有野笋子。一掐叶子,就有白色的奶子汁流出。这种野菜口感非常糯软,不仅人爱吃,牛羊也是极爱吃的。这种常见的野菜,全草或根可入药,性苦寒,有清热解毒,活血祛瘀之效。鲜食也只能在春天时采叶而食。当地人的吃法除了拌以陈醋、白糖、精盐外,最喜欢是用来包包子,混以牛肉做成馅,滑嫩鲜美。

苜蓿,南方人称之为草头,马兰头。也被人称为幸运草、三叶草。豆科草属。当地人采紫花苜蓿的嫩叶和茎来食。苜蓿味甘、淡,性微寒。能清胃热,利尿除湿。蛋白质含量非常高,含有丰富的维生素。具有清脾胃、利大小肠、下膀胱结石的功效。苜蓿的嫩叶,是理想的蔬菜,它的维生素C超过白萝卜两三倍以上,营养成分超过菠菜。鲜食苜蓿,用开水焯熟后,加小葱花、姜丝,热油浇过后加食盐、凉拌醋及蒜泥等调味品,调匀入味,味鲜美,爽口清脾。还可以做"琼琼子",素炒、炒肉都是不错的吃法。将苜蓿用旺火重油炒食,味极鲜嫩。新疆有春季采摘苜蓿嫩尖做饺子尝鲜的习俗。每年四五月苜蓿叶嫩芽鲜嫩之时将其采摘回家,洗净后先用开水迅速焯一遍捞出,再用冷水漂洗一遍,将水分挤尽后,与事先准备好的羊肉馅、色拉油、盐、葱、姜末等拌匀调制自己喜好的口味,然后用擀好的面皮包成饺子,下锅煮熟后,沾上蒜醋汁食用,味鲜美。

"红秆子绿叶,胖婆娘",当地人这样形容马齿苋。中医认为,马齿苋的功效为清热解毒,利水去湿,散血消肿,产妇得了乳腺炎,这可是一味好药。

当地人认为马齿苋是一味药食同源的佳品,到春天必食之。如今已经有专门种植的,在菜市场已经可以买到了。

马齿苋的吃法以凉拌为主,当地人以马齿苋加羊肉包包子为美食。为了能在冬天吃上这种包子,许多人春天采摘马齿苋晒成干菜,留到冬天吃。

椒蒿,是天山上特有的一种野菜,春夏季节均可食用。叶子尖尖的像辣椒叶子,有一种很浓的花椒味道。它主要是用来配菜的。用椒蒿炒土豆丝是当地的名菜。椒蒿以北庭地区的最为有名。椒蒿炒羊肉也是风味独特,鲜嫩的羊肉加上味道浓烈的椒蒿,既除了羊肉的腥膻,又增加了麻辣的口感。当地的主要饭食:汤揪片,如果能在出锅时加上几片椒蒿,那个味道叫一个"蹿"(当地话形容味道浓烈鲜香)。如今椒蒿已经开始人工种植,并加盐制成咸菜,真空包装后在全国各地销售。不在新疆的人也可以品尝到这种美食,不过南方人可能会一时不习惯它浓烈的味道,可一旦爱上它,就会舍不下。

榆钱是穷人的粮食,清甜好吃。榆钱是榆树的种子,因其外形圆薄如钱币,故而得名,又由于它是"余钱"的谐音,因而就有吃了榆钱可有"余钱"的说法。当春风吹来第一缕绿色,榆钱就一串串地缀满了枝头,人们会趁鲜嫩采摘下来,做成各种美味佳肴。

榆钱的吃法多种多样:一是生吃。将刚采下来的榆钱洗净,生吃。二是煮粥。将葱花或蒜苗炒后加水烧开,用大米或小米煮粥,米将熟时放入洗净的榆钱继续煮,加适量调料即成。榆钱粥吃起来滑润喷香,味美无穷。宋代大文学家欧阳修吃罢榆钱粥后,就留下了"杯盘粉粥春光冷,池馆榆钱夜雨新"的诗句。三是笼蒸。先将榆钱洗净,拌以玉米面或白面做成窝头,然后上笼蒸半小时即可起锅。或将洗净的榆钱拌上面粉,搅拌均匀,直接上笼蒸熟,再可放入盐、酱油、香醋、辣椒油、葱花、芫荽等作料,当地人称之为榆钱饭。吃榆钱的时间比较短,只有一周的时间,为了避免城市污染,人们只有到山里去摘,路边的一般都已经不食了。在榆钱成熟的一周里,几乎家家都在一笼笼的蒸榆钱饭,蒸好后放入冰箱冻起来,慢慢吃。

嚼得野菜香,人生滋味长。只是如今,野菜也不易挖到了。

芳菲

　　一场春雨,将前几天沙尘暴弥漫后的风沙洗涤一新。在高楼上望去,满眼的青翠,边城的春天终于姗姗而来。最美不过人间四月天,而新疆的春天到五月才算是正正经经地来了。

　　这里的春天来得晚,但无论多晚,一到阴历四月,春风一吹,春天是必到的。马啸关山月,莺歌杨柳春。在奇台的冬麦地里,青青的麦苗是一种极嫩的绿,如周岁小儿的小手手。

　　老农如铁耙子般的大手轻轻拂过麦苗,神情极是温柔,他说,春分不见雪,春风一吹,地里肯定不会有一点积雪。我敬佩地点头,智慧就在于知天意。这个识不了几个字的老农,比起精明的酸腐之人,不知智慧了多少。

有水处必有文明。在准噶尔盆地一带，有水就有绿洲。有河有沟，就有人居。人一旦扎根就想着种树，有树有房有庄稼，就有了村庄。村子里白杨榆树最多，沙枣花却是最受欢迎的树种。

虽然没有太大的用途，单是五月间那弥漫在天地间的浓烈的花香，就让当地人将沙枣花宠爱到了极致。金银相杂的小碎花，不起眼地掩映在灰绿的树叶间，树形也是不起眼的矮小，并没有什么娇小或挺拔之态。暗红色的树皮上却有着道道如刀痕的印记，外翻的树皮好像述说着什么，又像什么也没有发生过。"送你一束沙枣花，塔里木来安家。"这首建设者的歌，反映了20世纪五六十年代支援边疆建设时的热烈场景，沙枣花之所以成为主角，因为它有着不畏风沙、不畏盐碱、努力扎根、无私奉献、留香戈壁的特征。

如果说胡杨是所有建设边疆者的象征，沙枣花则是女性建设者的象征。她可能是上天山的八千湘女，也有可能是来自山东或江苏随丈夫来疆的大嫂，也可能是来自天津、上海的女学生。五月的花香散后，隐藏在灰绿叶子后面的小花结上了更不起眼的小青果子。秋风一起，果子变黄了、泛红了。金黄的沙枣成熟了，小小的果子成串成串地将树枝压弯了腰。这是孩子们喜食的零嘴,有点甜有点涩,也像是女人们的生活,艰苦而幸福。上一代的这些阿姨们将自己种在了戈壁绿洲,种成了一棵棵防风固沙的沙枣树。

从老家来了个子侄辈的亲戚,我带着他去看胡杨林,路上总能不时碰到果实累累的沙枣树。摘下一捧请他尝尝,孩子一口吐出来,说:"这个也能吃?"我苦笑,我们小时候把一粒沙枣含在嘴里好长时间都舍不得嚼,让那一丝甜味在口腔里多停留一会。要是有一粒是带黑点的,会高兴一阵,因为这种沙枣最甜。

写下这段文字时,突然之间,我抬眼望见了面前的天山。青青的山上在不经意间,由前两天的冰雪皑皑变得青翠欲滴。四月就是生命生长的季节,沙枣那浓香就已经在暗暗蕴结了。它们只等着怒放生命,将每一朵芳菲绽放出青春,然后春华秋实,让生命在传承中圆满。芳菲欲醉人,芳华在刹那。我期盼着那浓烈的芳菲。

花信

空气中一阵甜腻，这是准噶尔特有的味道。风走过曾居住过的地方，于是角角落落里都有了这种香气。在五月里，风走到哪里，都不会忘记带上那腻人的、浓得化不开的花香。

五月的准噶尔盆地，无论是乡村还是城市已经是沙枣花的天下了。

沙枣花与金银花相似，只是多些小小的颗粒，摸上去涩涩的。金银双色的繁花如信使，没有一点商量的余地，不管不顾地宣告自己对季节的所有权。沙枣花开过之后，基本上就不会再下雪了，虽然天山上的五月雪还未消，但闻着浓郁的花香，人们的心算是放下了：春天真来了，不会再走了。

塞外的春天总是走走停停的，不急不缓

地边玩边走。本就来得晚，还时不时一不高兴，扭头就走。只有闻到了沙枣花的香气之后，它才会留在这里。所以沙枣花香就是春天的信使。

当春天穿过准噶尔盆地到达天山，天上的云，就留在沙漠上空，飘来荡去，一缕花香又再一次抚慰着这片美丽的绿洲。

金黄银沙，米粒一样的小花，星星点点满树满枝。沙枣树深红色的树身不直，枝枝交错，荆棘丛生，连叶片都是灰绿带点银光的那种凝重内敛。唯一张扬的便是它的花香。树叶间满是星星点点的小花苞，绿色的蒂把上托着银色的米粒大小的花蕊，伴着和风暖阳悄然喷发出独特的花香，醉眼醉心醉人。

没有白杨的伟岸，没有红柳的娇艳。沙枣树在戈壁中经历风沙寒暑，面对风雨冬雪无所畏惧，随意淡泊，生存的能力让人感叹。

田地边公路上一群羊走过来，羊儿们闻到沙枣花香，老远就放开蹄子撒欢子往树下钻，挡都挡不住。好像沙枣树为它栽，沙枣花为它开似的。冲到树下，没出息的羊儿们围在开满沙枣花的树下，啃青草，吸花香，偶尔抬头想够上花吃，也有不解风情的在树干上蹭痒痒。

沙枣花开的时候，戈壁的空气中弥漫着醉人的、独特的浓郁香气。只要经过开满沙枣花的路,人们总会停下来,驻足欣赏一番。循着那香气找去,便会寻见那灿烂金黄,呈喇叭状密密麻麻的沙枣花。星星般点点闪烁的沙枣花貌不惊人,精灵似的小小花朵并不鲜艳,却胜在那浓郁的花香。如三秋的桂子,虽不起眼,却让人无法忽视。因此沙枣花儿又被称为戈壁桂花,它也许并没有那么独特,只是因为所处环境的艰难,更显可贵。默默地在寂寞的戈壁上绽放,过着与世无争的日子,虽然这些艳丽绚烂的花朵无法抵挡风沙,但它们不露声色地带着浓郁醉人的花香成就了戈壁的芬芳。

啊,深吸一口气,花香盈怀。沙枣花开了,春天就来了。

山有木兮

　　山有木兮，木有枝，心悦君兮，君不知。少时不明其中之意，但有些忧伤的句子却刻在了生命里。

　　天山是准噶尔盆地温暖的臂膀。天山是一抬头就能看到的风景。天山廊道是世界自然遗产。在天山下长大，对天山的风景有点习以为常。天山有郁郁山上松，高而直如挺拔的塔，因此被称为塔松。其实正确的名字是天山云杉。云杉高达20米，在山的阴坡呈三角形生长，当地人形象地称为犁铧尖。沿着天山有不少叫犁铧尖的地方，这有着明显的农耕特色。山有木，树就应该长在山上。在天山上，云杉长在海拔高的地方，再往上就应该长雪莲了。长在灵山圣水边，天山的云杉分外英挺。

天池边有棵好几百年的榆树,当地传说中称其为定海神针。是否有灵气我不知,几十年过去了,我长大了,我变老了,它却一点没有变化。时光在我脸上记下的皱纹,在神榆只是太阳从一片树叶移到另一片树叶。太阳从汤谷升起到虞渊落下,也只是从树的这端到那头,可世上已过了千年。时光在这里总有静止的感觉。

在天山有一棵名气很大的树:平顶山上一棵树。天高云淡之处天山一个平缓的山坡,一棵样子非常好看的树孤独地站在那里,在它的下面是一望无际的金黄的油菜花海,方圆几公里之内,只有这一棵树。这是一棵榆树,这是一棵有年纪的榆树。榆树在这里是最常见的树种,奇就奇在周边一带独独就这一棵树长在这里。据当地老人讲,这是棵神树,有许多的神奇之处,也有不少的传说故事。这些传说跟其他农业地区雷同,贪财的地主、漂亮的农家女儿、能干的农夫等,没有跳出民间传说的圈子,根本也无法解释一棵树的来历。想通了,也就释怀了。白云悠悠千古事。一棵树兀自长着,无关风月,云自无心树自闲。庸人自扰的只是我们这些俗人。

天池景区的朋友说,在景区的深处,雪线以上有一个冰封的山洞。有一个好像穿着古代武士衣着的人站立在冰层中,应该已有千年之久。那里极难到达,只有几个人见过,冻在冰中的人栩栩如生。朋友说长得还很英武,就好像只要冰化了,他就会走出来一样。不知他为何会冰封于此,也不知此事真假。但我自此多了一份惦念,科幻小说还有神话故事轮番脑补。我相信在天山深处会有各种神奇的事情。朋友说,天山就是山海经中所说的昆仑山,神仙居住的地方。

所爱隔山海,山海亦可平。太阳下,又有什么是不会发生的呢。冰封的、深藏的总有一天会表达出来。就算是最难捉摸的人心,也会用《诗经》吟诵出来:

青青子衿,悠悠我心。心悦君兮,君不知。

春风隐藏的秘密

在雪山与戈壁之间，是天山脚下广袤的田野，这里盛产棉花与向日葵。夏日里的风光很好，金黄色的大色块在天地间铺陈开去，以雪山为背景，张张扬扬地成为土地的主角。

盛开的向日葵，融入天边的夕阳里。向日葵一年一年地轮回着，开花结籽。金黄色的头总是仰着，忠诚地仰望着太阳。

自办公楼搬到郊外，眼看着大青山下的农作物日渐减少，几处桃园也起了高楼。春天的一个好去处没有了，抬头看不到那红云似雾，也不能在树下挖几株鲜嫩的蒲公英。

天空晴朗得没有一朵云，每时每刻都在的哨子风从窗子的缝隙偷偷钻进办公室。灰蒙蒙的贴膜将天空也染成了褐色，阴天与晴天看不分明。

　　春天干燥的风好像从不累,乐此不疲地敲打着玻璃。一个人上夜班的时候,就会想起呼啸山庄里凄厉的风声。

　　枯燥的中午,春阳让人开始慵懒,只有阳光依然兴奋着。我不知道,春风居然在阳光下隐藏了秘密。这个秘密直到夏天才揭开。

　　日复一日,生活就像白开水一样必须而乏味。白开水不得不喝,就像加班必须加一样。站起来倒一杯水解乏,春风隐藏的秘密就暴露无遗地展现了出来。

　　那一片向日葵就黄灿灿的在这个夏日猛地冲入了我的眼里。这片向日葵是凡·高的向日葵,凡·高疯了,《向日葵》就疯狂地金黄一片,明艳到绝望。向日葵开放在原来的地方。那里曾经有人种过向日葵,几年前征地了,说是要盖小区,但一直搁置着。其实我现在住的地方和办公楼以前也是葵花地,这应该是一整片。办公楼盖好有七八年了,而那块撂荒的地有人种过麦子、种过土豆,慢慢就成苜蓿自生自灭的荒地。我在那里挖过野菜,摘过苜蓿,也去放过风筝。春天那里风大适合放风筝,很多人带着娃娃到那里放风筝。今年春天,开发商将地用绿色的防护网圈了起来,看样子是终于要施工了。然而长时间并没有看到怒放的这片生命,被防护网包在里面,走过的人是看不到的,只有在10层高的楼上从背面的这个窗子看下去,才能远远地看到。这些向日葵就是在这样的背景下生长起来的。没人会撒下种子，它们应该是野地里多年前散落的种子发芽生长出来的，我在自己的臆想中对生命充满感叹，想为它写下抑扬顿挫的文字。这些怒放的圆盘无人喝彩，但它们在为自己无声地喝彩。野百合也有春天，向日葵没有春天有夏天。虽然没有多少人关心向日葵的夏天，人们只关心秋天时它的圆盘里能收获多少饱满的籽。

向日葵自己应该是很喜欢这身金黄，它也许更喜欢被叫作葵花。

一个夏天，这一片无人问津的灿烂就这么耸立着，密密匝匝。天真而坚定地将头随着太阳转来转去，只有在寂静的夜晚，它们会低下头，舐舐着内心的伤口。第二天朝阳升起的时候，它们准确地朝东而立，扬起一张笑脸，从不把忧伤留给天空。

以前，可以随意地靠近这些有着清香的花朵。现在只能远远地看着它们，感受着大地的温情。

看吧，天空那么蓝，向日葵如此灿烂。生命如此生机盎然。是花朵就要盛开，不管是在哪片土地。我洞悉了春风隐藏的秘密，我敬畏于一粒种子的生机和生命的神圣。看吧，是生命就要怒放，没有谁能剥夺他人或他物生长的权利。

水墨丹青

　　春遇见冬,有了岁月;天遇见地,有了永恒,当白色的雪遇到干枯的树枝,就有了一幅水墨写意画。冬季在白色的主调下,原野拥有了自己的秘密。冬天的原野是细线条描绘的水墨。下雪了,安静与热闹都盖在雪底下了。铺上白白的地毯后,大地就有了自己的秘密。那些树是一笔笔苍劲有力的线描。寥寥几笔就勾勒出一幅意境清远的中国画。中国画讲意境,讲韵味,不求繁复只求简约,不求形似,只求神似。

　　冬季的原野就是大自然绘就的一幅水墨画。

　　阳光抚过雪地后更加灿烂,看每一片雪花都从不同角度反射出太阳的光芒,看似朴素的画布上,因为太阳而流光溢彩起来。枯草、落叶都被盖在雪下,偶有调皮的小草偷偷露出了头,看一看天空。这里漫长的冬季,草都在白雪下休眠,此时的原野是寂静的妖娆。树做的几根线条轻轻勾勒着天地间的界线,大片的留白是安静的代名词,也是美与韵的代言。

经历了春的繁华、夏的浓烈、秋的绚烂后,大地有点累了,只有此刻的安静是它最需要的。不需要色彩,只要这简单的大面积的白就可以安慰孤寂的心灵。

风是荒原上的一首歌,它轻轻地抚摸过大地上每一寸雪原,然后在雪地上留下各种线条,雕塑成各种雪的作品。在大半年的时间里,风有时张扬,有时温情,在雪地上尽情地创作。相对于原野的水墨,穿越天山的省道101线,就是色彩浓烈的丹青,这里被称为"天山地理画廊"。

一路行去,气象万千的丹霞地貌沟壑纵横、山体五颜六色、造型各异,仪态万方。连绵起伏的丹霞地貌和形态各异的侏罗纪山系,是目前国内发现最长、最壮观的丹霞地貌。100多公里的美景,穿越昌吉市、呼图壁县、玛纳斯县。

冬日的硫磺沟,白雪轻轻铺上了那一片火烧山,火焰从雪的缝隙间钻出,红白相间,有火热有浓烈也有生命的张力。努尔加大峡谷还多出了绿色,绿与红都是那样鲜艳夺目,在白雪的映衬下分外的夺人眼目。每年的十二月到下一年三月,是丹霞换装的季节,换上了淡淡的白纱衣,百里丹霞走进了梦境。

没有人会怨恨风。风在大漠中书写的诗行,在春天里就会融化,风在原野绘就的水墨画,在春天也会融化。

风是这幅水墨画的原创者,也是这幅画的一部分。这些当作线条的树在风中,静静伫立需要忍耐寂寞和荒凉。但那些山却习惯了千万年的寂寞与荒凉。它在这里,雪也在这里,这是它每年的期盼,它可能也期盼过星光,但星光是那样遥不可及。只有半年不化的雪,不离不弃在这里等它。

最美的水墨丹青是大自然的杰作,天然去雕琢的原野诠释出中国画的最美的韵味。方寸世界里,内心的繁华与纯净也可丹青与水墨。

在冬季的水墨中等待本身就是一种希望。

路过

路过一个叫奎屯的城市。这是在从昌吉到克拉玛依的路上。我们正在寻找一个叫五五新镇的地方。

在高速路上,远远就看到这个用蓝天白云当背景的城市。事隔20年后,我才再一次看了这个城市一眼。再次路过这个城市,中间隔了20年的光阴,和一个女人起起伏伏的成长之路。

乌奎高速公路,连霍高速的一部分。在乌奎高速还没有修建的时候,我拍摄过修建这条路的专题片。那时的高速公路还在规划图纸里,那一路还是棉花地、乡村路、果园和农家小院。我穿了条长裙,站在镜头前说:"这是一条流淌着爱的路。"那个片子叫《情满乌奎路》还是《情洒乌奎路》,记不清了。我记得我在一个大妈家的果园里，碰到了另一个采访团，一堆相机对着我拍，也不知是哪个媒体的。别说被采访的大妈没见过这个阵势，连我也没有见过。后来在杂志报纸上陆续看到了我的照片，有一张照片还上了杂志封面。日夜兼程，一个点一个点采访，终于在一周后的半夜我们来到了终点站——奎屯市。夜色阑珊中，见到了这个城市睡眼惺忪的样子。天刚亮，我们又起程出发了。这个城市我只停留了几个小时。自此，再没有到过这个城市。其实离得也不远，尤其高速路修好后应该也就是4个小时的路程吧。然而20年了却从没有机会去过。

　　20年后，我才又一次路过奎屯，原计划中午在那里吃午饭。同行的一个朋友小时候在奎屯五五新镇长大。出来时，他父亲要求他路过五五新镇时拍几张照片带回去看看，他父亲曾是五五酒厂的职工。这是个好的建议。20年以前经常在广播里听到轰炸性的广告："五五大曲，产自五五新镇。"百闻不如一见，挺想去看看。

　　谁都有过去，谁都有留恋，走过的路，经过的事，遇见过的人，在不经意间的一瞬会突然地冒出来，那一刻会占据你的脑子。这种情感就是想念。行程接近奎屯时，朋友的情绪开始逐渐激动起来。就像我听到奎屯这个名字时，突然地也想起了20年前的事情，一些细节也清晰起来，其实我已经是一个记不清很多事、容易忘记很多事的人了。

走向五五新镇的路上，朋友指给我看，路的右侧是奎屯，蓝天下，一座不大的城市集中在一片区域。这就是奎屯呀，远远地看去，跟绿洲上的其他新城一样，挺好看，而且正在长高，新修的楼房都是高层。

在五五新镇的百花街上转了好几圈，没有找到著名的五五酒厂。开了导航才找到，就在那个大酒瓶子下面。朋友说跟以前完全不一样了，根本就找不到过去的痕迹了。努力地辨识也是徒劳，是呀，时光是最最强悍的第三者，总会有那么一次：一放手、一转身，有些人、有些地方就从此再也没有相见。

我们还来不及细想，就猝不及防地离别，而那些离别，连好好说句再见也不可能。朋友的一个童年只留下一段回忆如云似雾。

路上碰到的人没有一个是认识的，因为我们只是路过而已，对别人而言都是路人。但我都要客客气气地对路人点头微笑，因为这个我们随便碰到的路人甲，可能是别人做梦都想见到的人。我知道所爱会隔山海，山海不可平，就是隔着一条路也一样，见面也不是容易的事。就像高速路的两边，一边是奎屯，一边是独山子。

回来的路上，我们再一次路过五五新镇和奎屯。路过路口的时候,我们连谈论的兴趣都没有了。车上放着一首熟悉的却不知名字的歌:"有缘相聚又何必常欺,到无缘时分离又何必长相忆。"人生,不过是一场旅行,我们路过一个又一个路口。有的人继续往前走,有的人在其中一个路口停下来等待,这需要多大的勇气呀。等待是最长情的告白,能拥有当下和眼前的人就已经是最大的幸运了。

　　路过一个地方,但也仅仅是路过,也算是一种缘分吧。回眸处,不用太介意,在时光的明媚里,给时间多一点时间,给机会多一点机会。温暖地爱自己,温柔地爱世界。

清浅岁月

岁月清浅，几十年的光阴好像都在这个秋日下午的暖阳里。白驹过隙、刹那芳华可能就是指这种感觉。

人是容易感伤的，尤其是人到中年，除了黄昏的天空和夜晚的星月，似乎已经没有特别能够留意的事物。世事人情薄似纱，没有多少人能一苇渡航。四时之外虽没有了少年的激情，中年的沉静恰如同水瘦山寒般干净，如同这个秋日明净的天高云淡。清秋的景致自有清秋的味道。

泡一壶浓茶，岩茶如冬日遒劲的铁枝般厚重韵味在喉内缭绕，几只铁灰色的鸽子从窗口飞过，清脆的鸽哨在秋天的夕阳里唤醒了封存了几十年的思绪。此时可能就是岁月静好吧。少年时想过自己永远做一个谦卑、热情而有生命力的人,永远要对美好的事物保持好奇心。几十年来,用力地生长着,像一颗种子努力地生长,不管有没有人注意到。我像一个骑在马上的人,奋力地在草原上向天边飞奔。

梦中曾多次出过一棵独立荒原的树,然而几十年中从来都没有遇到过这棵树。在这个和煦的秋阳里,我又想起这棵树。也许今生今世也见不到这棵树,就像那永远在寻找的远方和诗一样。

阳台上,蝴蝶兰和茉莉花在夕阳里开放。我给它们浇完水,抬头看看窗外的天山。窗口如画框,天山如画里的风景。生活在天山脚下,从小看着博格达峰长大。家在天山下,这让内地的表哥非常羡慕。每个人生活的地方都是别人向往的远方。在戈壁的小城里生活了几十年,最远的远方,是在心里。一棵树也许是永远到达不了的远方。喝着茶,哼一首老歌:时光一去永不回,往事只能回味。有意无意间写下这些文字。一切,都恰恰好。

我喜欢一首歌,我喜欢一种花,我从来都不知道我喜欢它们。离开一个地方之前,我也从来不知道自己有多喜欢它。

一个夏日的午后,在苏州平江路的暖风里我慢慢地喝着一杯龙井茶。不远处木门板关着的茶馆里飘出昆曲咿咿呀呀靡靡之声。在江南的温柔里,我在脑中闪现出准噶尔强硬的哨子风。"哒哒的马蹄是个美丽的错,我不是归人只是过客。"自小离开江南,多年后再次归来。一杯茶浓浓淡淡,茶叶在杯中起起落落,人至中年,心绪也便如喝了几道的茶,淡而无味。30年故地重游,没有前度刘郎的感叹,也没有金风玉露相逢的欢喜。小桥流水与大漠夕阳在生命中重叠。准噶尔的长风吹拂在我生命的天空,纠缠在我生命的历程里。西风烈,南风熏,长风当歌。月过天心,清风入夜是南方的阴柔之丽,准噶尔的风则是一卷大漠的刚烈。

没有人知道风从哪里来,也许是苏州的风吹到了准噶尔,也许是准噶尔的风来到了苏州,就像前一天我还在准噶尔边的小城,此时我已经坐在平江路的护城河边。千亿年前的风,历经了什么,此时与我在这里相遇,我看着风在河面走过,在我的身边绕了一圈,拂过路边肥白的栀子花,拂落花香一片,带着一缕花香,风又不知吹向哪里。风吹过的街道里人来人往,没有人注意到风曾经来过。

星星在天边闪烁,我们看到的星光是千万年前,甚至是亿万年前的恒星的光芒穿过宇宙来到我们面前。这些来自外空间的星光,给我们带来无限的浪漫。我曾想,我们看到的是亿万年前不知来自哪个星球的星光,而此时那里发出的光芒又不知被亿万年后的谁看到。此情此景让我不由想起春江花月夜:江畔何人初见月? 江月何年初照人? 人生代代无穷已,江月年年只相似。灯光太璀璨,暗淡了星光。抬头看到的点点星光,这些恒星的光芒也不过如此,在宇宙的时空中,万物都是一粒尘埃。

我愿意相信这种说法:风是前世的情人来到今生寻找丢失的爱情,它总是找不着,所以天涯海角总在找来找去。今夜,河上划过船桨声声,白云一片静静挂在天边,今夜,明月千里,长风当歌。

远远传来琵琶声叮咚,弹的是我爱的《琵琶语》,指上的光阴,在夜色里流淌。时光煮雨,终究风月无边,身边水流同样墨黑,看不到底,时光之河无声,浅浅在身边流着,逝者如斯夫。

而此时准噶尔的风应该拂过戈壁,明月也应该照耀在了天山上的雪峰。同照一轮月,千年的沧桑一样欲说还休,小桥流水也罢,大漠长风也罢,终是有情天地无情岁月。

在岑参写了千树万树梨花开的北庭故城遗址上,一阵阵的哨子风打着旋从我的身边急速地掠过。这里没有落红满径,只有黄沙满天。年少时曾想走遍万水千山,也曾想鲜衣怒马仗剑天涯。当记者的妙处在于可以体验不同的人生,在别人的故事里遭遇挫折和指引,也会让自己思索,并影响我的人生。这世间,我是旁观者,也是记录者,在别人的故事里感动、在别人的悲欢里成长,这就是我生命中的独特之处吧。

　　河边月落谁家扁舟子,试问好花又会落谁家。30年是为一世,经过了,遇见了,每一段经历都是难得的成长。30年弹指瞬间,去时白衣年少,归来华发满头。年华似水,人过中年。秋风声声里已无我事,自此后落花流水,辜负锦瑟年华,只听秋声享清欢。

这个早晨

这个早晨有点不同,虽然也是一样的金秋的清晨。清冷的空气在天地间流动着,却被行人搅动地旋起一团团的略带白色的透明的雾气。空气清凉得像是一盒冰淇淋,吸一口如含进一颗纯粹的透明的水果糖。

进入秋天,天亮得晚了,勤劳的人们还是按以往的时间来逛市场。随着或轻或重的脚步声,这个西部的小城苏醒了。昏黄的路灯恰如小城揉着惺忪的眼睛,一点点地暗了下去,太阳还没有从最高那座楼后面出来。城市的黎明很多时候是看不见日出绚烂的色彩,而是让人充满期待、感觉希望。城市的清晨如美人的苏醒因而也更加动人。

这是新疆北部的一个小菜市场。一如

既往的人来人往。但今天逛市场的人要多一些,天才蒙蒙亮,已经有人买好了东西,手里已经拎上了装着物品的塑料袋。然而这个早晨真的是有点不同:明天是国庆节。将要到来的小长假将气氛渲染得喜气洋洋。

当太阳露出脸庞的时候,菜市场的色彩一下子就跳跃起来,金黄、猩红、鲜绿,全是大地最美丽最成熟的颜色。走在菜市场,看着新鲜的食材,听着讨价还价的声音,我感知到的词语是幸福、沸腾、美好与感恩,感叹这就是生活,这才是生活。一切焦虑与抑郁都是矫情。

秋天的菜市场是收获与富裕的舞台,财富与喜悦都尽情地展示着。这些在一些人看来也许是微不足道的,在我看来就是生活的本质,就是幸福的具体样子。

走过一个卖水果的摊子,中年女人花头巾下两个红石榴石的耳坠不停地晃来晃去,她笑着招呼我:"和田皮亚曼石榴,阿克苏的木纳格,甜得很。"绚丽的丝绸裙子在她丰满的身体上流淌着光影,像彩色的水流。大葱像小山一样堆在路两边,卖葱的女人一把一把扯着葱叶,被染成绿色的手上混合着泥巴,时不时要在衣服上擦一把,然后用浓浓的山东音叫卖一声:最好的大葱,便宜卖了。人们一捆两捆地买了放进小推车。两个老太太刚刚一人买了一捆,坐在旁边一边聊天一边把大捆分成小捆。胖老太的苏北口音和包头巾老太的当地口音交替着，两大捆很快就分成干净整齐的很多小捆，放在小购物推车上，一人拉着一人在后面扶着走了。"玻璃脆，做酒好得很。"猛地一声招呼吓了我一跳，是个黑胖的小伙子在向我推销。一粒粒红玛瑙闪着红酒一样奢华而低调的光在他的手推车上满得要溢出来。"这是专做红酒的赤霞珠，我自己种的，便宜给你。现在人都自己做酒，对心血管好。买些吧。"这两日真还听到同事都在办公室说着做酒的事情。做酒没有时间，那就买些尝尝吧，摘一粒放进嘴里在，真是又脆又甜，一滴蜜水溢满在口腔里。

斑斓、浓烈，这完全是属于秋天的字眼铺展在一个小小的菜市场里。放眼看去，整个市场就像是一条流着蜜的河流，各种水果时令的、反季的，南方的、当地的。最甜最受欢迎的可能还是当地的各色瓜果，在我的认识里，那就是糖的代名词。除了大美壮丽的西部风光，长在游子乡愁与思念的瓜蔓上的必然就是这些被太阳浓烈地爱抚后的果实。现在这些著名的瓜果就在我面前尽情地渲染着秋天的油画，尽情地展示着本地浓浓的风情。

在这亚洲的中心、祖国西部这个小小的边城的一个小菜市场，我买到了来自江南家乡的小菜：一节莲藕、一把芦笋和一堆毛豆。卖水产的帅小伙帮我挑了一袋活虾，还让我买几只活的螃蟹。"大姐，这都是我自己养的，都是活的。你加我微信，我可以给你送货。"我经常去城边的六工镇，知道那里已是塞外江南的样子，夏日里荷香十里，秋日里虾大蟹肥。这些美味应该都是产自那里。"秋风起，思莼鲈"，能吃到如此鲜活的虾蟹，我真没有必要再思念江南了。

路边台阶上的两个穿着红色马甲的清洁工正在休息，带着一样的格子头巾。她们互相递着食品：一只苹果和一块馕。"你嘛，租个房子，把娃娃接过来。""就想着呢，让娃到新疆来上学，再攒些钱就能租房了。""早早地租，娃不在妈跟前可怜得很，钱不够嘛，跟我们说，先借给，我帮你看着有没有合适的房子。""好呢，用的时候问你借呢。"两个不同民族的女人一边聊着一边往前扫着。一个卖羊杂碎的摊子邻着一个卖干果的摊子，卖羊杂碎的胖胖的女人拿着一节米肠子递给这边卖红枣的小伙子，小伙子随手拿了两个枣子递过来。两人一起吃着米肠子，热热的白气在清冷的空气里缭绕。

公交车站上人很多。从郊区开来的车上下来一车进城赶集的附近乡镇的人，他们提着大包小包走进市场。包一打开，取出的是自家地里的嫩绿的小白菜、红红的胡萝卜、长长的豇豆。挤上了一辆53路公交车,走到车尾部。两个并排坐着的男女用甘肃口音在聊天。原以为是一对夫妇,后来听明白了,是两个老乡,都在这里打工,都是多年没有回过家。临近中秋节,女人想家想孩子,跟老乡说着说着就哭了起来。老乡安慰了她:"想娃了就回去看看,等挣了钱就把娃接到新疆来读书。"女人有些怅然:"那要等到什么时候呀?""不怕,只要干,就有盼头。你活得好,家里人就高兴,多挣钱,不要多想。"我下车了,不知他们还聊些什么,但听到他说只要干,就有盼头。

走进小区院子,邻居王姐正从车后备厢里拿出一大袋红辣子。透明袋子里透出那一片耀眼的红,王姐用爽朗的大嗓门对我说:"今年我晒得多,晒好了你来拿些。"小区里已经有人在晒辣子,这一串红,那一串红。太阳已经从16层楼后升起,照在树木和草坪上,也照上这些红红的辣子,折射出别样的颜色。虽是周末,人们依然起得很早,小区里已经是车来人往,一派世间烟火气息。

这个早晨,我到菜市场采购,满载而归,这个早晨我终于让脚步停了下来,幸福地欣赏着我生活的小区,生活的城市。这个早晨,我是快乐而幸福的。看着人来人往,我面朝太阳,涌现出诗人徐俊国的诗《热爱》:这个早晨不要轻易说话，一开口就会玷污这个早晨。大地如此宁静，花草相亲相爱。如果非要歌颂，先要咳出杂物，用蜂蜜漱口，要清扫脑海中所有不祥的云朵。

这个早晨，我面向东方，太阳正冉冉升起。

奶茶飘香

每天,晨光初露时,奶茶的香味弥漫在房屋。在奶茶的醇香中醒来,是一件幸福的事情。茶叶在丝滑的牛奶中上下起舞,乳白色渐渐变成柔软的咖啡色。我像草原上的女人一样,一勺一勺扬起奶茶,又倒进锅里。我不知道这个动作有什么作用,只是一种本能,是我感觉幸福、表达幸福的方式。

我在舀起奶茶的时候,就好像回到了草原,在帐篷外重复着祖先每天都做的事情。在晨霭的蒙蒙中,奶茶的香气飘来了,勤劳的女人佝着腰,扬一下茶,眯起眼回味一下。毡房里,小小的孩子睡眼迷离地等着喝奶茶。远处的羊群已经开始在小路上移动,美丽的霞光在乌蓝的天空盛开。虽然我在城市的煤气灶上熬奶茶,但一熬起奶茶,我依然会闻到草原的味道。奶茶让我永远能够感觉是生活在草原,奶茶的香味是家的馨香。

在这种香气中,我的心很柔软,很想哼一首歌。不太蓝的天空中仿佛飘浮着美丽的幻想,能够暂时离开残酷与丑陋,回到心灵的家园,这可能就是我每天重复这一动作的原因吧。奶茶滋养着我的心灵。

我的女儿要求天天喝奶茶。每天,女儿揉着惺忪的眼睛,第一句话便问:"奶茶熬好了没有?"没有奶茶飘香的早上,她是拒绝吃早饭的。飘香的奶茶把我先天不足的孩子养得非常健康。如今的生活条件好,洋的、中的,各种食品数不胜数,奶茶这种非常简单的食品却得到了孩子的宠爱。想想也有道理,就是这一碗飘香的奶茶,养育了祖祖辈辈的游牧民族。

走过了千山万水之后,坐进帐篷,把漫天的风雪挡在门外。喷香而热腾腾的奶茶喝下肚时,那种温暖与滋润让我觉得活着是一件多么美好的事情。一碗不够,再来一碗,喝得浑身舒畅,大汗淋漓。每当我喝得有滋有味时,我会想起外国诗人的一句诗:"在哪里啊,那些汗流满面喝热茶的日子。汗流满面地喝热茶,是一种怎样的幸福,尤其是它将永不回来的时候。"这首写于战争时期的诗,总让我莫名的感动。是上天的眷顾,才让我拥有了喝热茶的日子。感恩吧,珍惜吧！让我们对每一碗奶茶都怀有敬畏之心、感恩之心。没有喝过奶茶的人是想象不出奶茶是多么的可口。

　　没有在西部生活过的人可能无法理解我对奶茶的感情。一方水土养一方人,在特定的环境条件下,奶茶养育了祖祖辈辈的草原民族。在恶劣的生活环境和风雪严寒中,奶茶给了人们多少安慰与幸福。这种由茶叶和奶一起经过融合熬制的奶茶,和那种速溶的袋装奶茶是不一样的。茶香与奶香一定要经过高温历练才能熬出那种香味,那是岁月的香味。茶香与奶香两种截然不同的香味要水乳交融必须经过熬制,熬制就像钢要百炼一样。不经历风雨怎么见彩虹,不一遍遍地熬,怎么会有茶香如许。

　　南方有嘉木,嘉木即是茶。驼铃悠扬,丝绸之路上运来了南方的茶叶,寂寞的旅途中,奶茶飘香给了远行的人多少念想与希望。当回到家时,行囊里的茶叶就会让阿妈熬出醇香的奶茶。西部不产茶,却有非常好的奶。我从南方来,长期保持着南方的生活习惯,不喝牛奶,不吃肉食。能够接受奶茶的醇香对我而言也是一个熬的过程,从闻不惯到离不了,我和奶茶的情缘也如传奇一般。起先,到牧区采访是我最痛苦的事情,我只吃少量的干馕。方便面用煮过奶茶的锅烧的开水泡有奶味,我不习惯,我就靠干馕坚持一次次采访。我是一个执着的人，饿和渴我可以忍受，但我受不了牧民们内疚的目光，他们总认为是自己的茶不香肉不香，所以我不吃。这样过去了好几年。一次在天山深处的毡房外，我给大家熬奶茶，虽然我依然不喝，但我已经学会了烤肉和熬茶。我像一个牧民的女人一样，熟练地一勺一勺舀起奶茶扬起，又倒进锅里。草原上月色朦胧，清冷的空气中有袅袅炊烟从毡房升起，我好像第一次发现了奶茶阵阵的醇香，情不自禁地舀起一勺，放入口中，这是怎样的美味呀。从此之后，奶茶走进了我的生活，成为我生活的一部分。

许多生活在新疆的南方人和我一样，经历了从异乡人到本土人的情结。一位江苏老人，定居南方后放不下舍不了的就是奶茶。他专门写了一篇文章寄来报社，表达他对奶茶的依恋，对第二故乡的思念。奶茶融入了我的生活中、血液里，让我从心理上对脚下的这片土地有了归属感。在潜意识里，我认定自己前生一定是个草原的女人，我的祖祖辈辈就是这样在奶茶的醇香中游牧。

醇香的奶茶呀，你是游牧民族的生命源泉。也许正是因为有一碗热腾腾的奶茶，昭君才能在异乡的寒冷中望北雁南归，苏武才能持鞭守节，细君公主才能熬得过西部的风雪严寒。就是这一碗热腾腾的奶茶，让许许多多的人在这里找到了生命的根。忘不了呀,这飘香的奶茶,里面有家的味道;忘不了,奶茶的醇香,香飘处就是生命所系。

　　每天熬奶茶时,我都会想:也许只有融入才能热爱,也只有热爱才能融入。当南方的茶叶和北方的奶混合在一起的时候,幸福的味道就有了,当水乳交融的时候,就会有奶茶飘香。

菜市场

经过这个冬天漫长的假期,宅在家中的人们走进菜市场的脚步多了些轻快,好像都有些迫不及待。耳边是热热闹闹的吆喝声和讨价还价声,眼中是色彩丰富的各色各样的商品,人间烟火气就这样扑面而来。

幸福是比较出来的,近两个月没有这样慢慢看、细细选了,此时心里仿佛有一条幸福的河流在缓缓流过,温暖而平和。

一路随着人流慢慢走着,不像是买菜,更多的是欣赏。欣赏菜、欣赏人,欣赏着烟火人间。一抬头,市场上空那方正的蓝天上轻飘过几缕白云,喧嚣、热闹突然间就远了,诗和远方原来就在烟火气之上。

小城市有小城市的妙处,家常、俗气,却真实,菜市场就是小城的中心。就是大城市也在不经意的角落，七拐八拐的巷子里会藏着一个菜市场。走进一个门洞或转过一堵墙，就走进了烟火气之中。

我家楼下的菜市场，一年四季人声鼎沸，早上是早市，晚上是夜市。今年春天，榆钱上市的时候，市场门口多了一个个的小摊，一把嫩绿的榆钱、几株顶着小黄花的蒲公英、一堆开了小白花的荠菜。这些野菜是一些老太太到城外去挖来的，一把从开始的5元卖到了后来的2元。这些野菜是市场内的固定摊贩不屑一顾的，只有这些老太太才不怕费工夫，用一天的时间采来、收拾干净，挣个饼子钱。因此，我从来不与她们讨价还价。夏日渐近，门口的菜品也丰富起来了，难得的有卖槐花、芦笋等内地的菜，白而香的槐花、如毛笔般的芦笋，引得人们看稀罕。一日，一个操着甘肃口音的女子拿了一小包百合蹲着卖，卖掉一些，她就感慨一句："天爷呀，长了三年呀。"全是不舍卖的意思。旁边卖冻虾尾的湖南女人就笑她："你是要卖还是不卖呀？"

等到野菜们下市了，菜市场门口就清静了。市场里面多了些烧烤、串串的摊子，卖凉面凉粉的也出来了。今年，水果摊子上车厘子、水蜜桃又便宜又好看。夏日，很快老龙河的西瓜上市了，5毛一公斤又沙又甜。菜市场让附近的超市价格总也上不来。

　　买些新鲜菜蔬,回家做饭。当油锅里呛出热气,一声"哧啦"声,房子就变成了家。就算是一个人,给自己做一碗面条,也能感叹人间值得。

　　古龙小说写道:一个人如果走投无路,心一窄想寻短见,就放他去菜市场。人到中年,我天天流连在菜市场,早已不记得什么是天涯明月,只晓得烟火人间就是人生的全部。人生活到一定年纪,逛菜市场成了乐趣和安慰。与食材的偶遇与重逢,能满足心底残存的希望。

　　情伤不只是时间能治愈,熙攘的菜市场更能快速地疗情伤。各种活色生香让你流连世间繁华地,同时也不轻不重地告诉你,别把自己太当回事,没人会注意你,谁还能没点故事呢?

　　生鸡活鸭、新鲜水灵的瓜菜、彤红的辣椒,热热闹闹,挨挨挤挤,生之乐趣,不会因为谁而增加或减少。这个热闹的市井之地,每个人都是微小而独特的,每个人都在努力而勤劳地活着,这才是真正的生活。

　　接地气,才是最好的生活方式。菜市场,是城市里最接地气的地方。这里没有风花雪月,没有诗和远方,有的只是实实在在的生存之道。人的烦恼太多,是因为欲望太多。在菜市场逛一圈,会发现饱腹无非一碗饭,睡卧只需一张床。在这大俗之地,也能了悟些许道理。

　　歌颂菜市场,不是矫情,只是想表达出对生活的热爱。人是要活到一定年纪,才能知道一饭一蔬的意义,才能体会菜根是真的香。在远离家乡的城市里,一个菜市场带给人们的安慰,就和深夜里留着灯的窗口一样吧。

烟火人间

我多次写过菜市场,当文艺女青年蜕变成家庭主妇的时候,菜市场就成了心头最爱。

这里看不到风花雪月,没有诗和远方。菜市场有的只是菜蔬与斤斤甚至是两两计较,我们这里说几百克与一毛钱的计较。在这里,茶叶就是茶叶,是挑着担子一公斤200元—500元卖的,没有茶道与风雅。咖啡是按袋卖,并有赠送杯子的,完全没有小资的腔调。人和人之间也不知根底,却因为对同一种东西感兴趣而交谈甚欢。

最抚人心烟火气,没有什么是菜市场治愈不了的。在大理,我碰到不少穿着文艺长裙的女人们,据说这些美丽的女子,一半是来寻找爱情的,一半是来疗情伤的。大理是我喜欢的地方。阳光不燥微风正好,城墙上的合欢树摇着红色的小扇子花在风中舞蹈,很是喜庆。吹过上关风看过下关月,在晒台上东望苍山,西看洱海,确实惬意。这里的确适合爱情。

因喜食段家食府的酸木瓜鲫鱼,常常在新城区的小食街上闲逛。看看今天谁家的菜更新鲜,谁家的菌子更独特。顺脚就进了熙攘的菜市场,对一个家庭主妇来说,不买,只是看看也能心满意足。从地上的竹篓里买几袋树花、树皮,再炸几个饵块。买几个木瓜,带一把鲜花回到民宿。而此时,民宿老板家正在做饭,火腿腊肉的香气老远就能闻到,老板娘已经倒好了青梅酒,客气地请我们一起喝。门厅处雪白的墙上青色的山水映衬开得正艳的各色茶花分外招摇,饮一口酸甜的青梅酒,这不就是人生嘛。人生如旅,处处是归程,哪里还有失意得意之分呢。

挨挨挤挤中能感觉到人的温度,挑挑拣拣中是生的乐趣。从这个最市井之处吸取热腾腾的力量,看着人间百态,各色人等,菜市场的这份热闹足以让人心生温暖。所以治疗情伤也罢,寻找求生欲也罢,在生活面前都是矫情。真正的生活无非就是一饭一宿。

我家孩子对人说,我妈妈以前是仙女,仙气飘飘的,现在就剩下烟火气了。我听了不禁莞尔:当了妈妈就不再是仙女,为母则刚,生活当然就是一地鸡毛,无论是谁飞在云端也还是要下凡的,是人最终是要落在地面上生活,云上的日子是不靠谱的,菜市场才是妈妈的乐趣与安慰,挑选与翻炒间就是对孩子的爱。人只有到了一定的年龄,才能体会一饭一蔬间的禅意,逛菜市场也是一种生命的修行。

桃李春风一杯酒,人间烟火抚人心。

让生命以本来的样子开花

　　一不留神,时尚圈把生活简约化和断离舍提倡成一种时尚。终于投向我的目光中少了一些鄙视多了一些理解。因为我一贯饮食简单、衣着简朴,喜欢步行不爱开车,不喜欢聚会应酬,多年也不换手机,不爱微信聊天、不打游戏、不看抖音、不发朋友圈,至于化妆美容,更是懒得去弄。所以与摩登们也就格格不入了。我是想着少吃步行有利于健康,应酬、聊天浪费时间,刷手机太浪费时间,能打电话就行了,化妆品原来是嫌弃有激素,后来就是为了省时间。清水素面般的老太婆,只要不影响市容,也就每天高高兴兴地跑来跑去,确实不是个讲究人。好心的人劝我:要关爱自己,要对自己好一点,要享受生活,不要舍不得钱。更多的是鄙视的眼神和背后的嘲笑:呇蔷。我是不在乎别人的眼神的。但没想到居然时尚了一回,简单生活现在成了一种时尚。我看这是个好的趋势。

人类无休无止的物欲终有一天会把自己推向毁灭。

受了时尚的影响,芸芸众生今天这样,明天那样,在物欲中疲于奔命,又有多少人能够静下来,审视一下自己的内心,关爱一下自己的心灵。身外之物太多,生命负重就太多,太多的负重心灵的翅膀又如何能够飞翔。以物喜以己悲,人终不能做自己心灵的主人,成为物欲的奴隶。

世上哪有无心人,人皆有心但又有多少人能够每日静下心来关注一下自己的心灵呢。为名忙、为利忙,甚至于为了别人的态度或看法忙活,人活得太可怜了! 我们确实需要关爱自己。一个不关爱自己的人是不会关爱别人的,一个不珍视生命的人也不会珍视世界万物。有大爱必先有小爱,关爱自己,绝对没有错。问题是什么才是关爱自己,应该如何关爱自己。

关爱自己,要让心灵自由,让生命充实,更多的关注生命本质的东西。也许这个世界不需要太多思考的头脑,但是思考却能让一个人起码看起来不浅薄。生活丰富多彩,每个人的生活方式也不尽相同,每个人的生活态度也不一样，谁也没有权利对别人指指点点。然而在丰富多彩的生活中，让生命更有内容、更有厚度岂不更好。

物质的需要，都是外在的东西，是心灵剩下的事情，是与生命本质无关的事情。不论环境如何，只要能坐看水云间余晖满地，轻风拂过之时内心便纯净如水晶。

时光在对面和我静静对视。生命祛除了包括青春在内的所有的外部装饰，只剩下提纯物，宛如出水的石头，干净而挺括。一个能看到生命本真的人是幸福的，他不会为物欲所左右，他的心灵是自由的，不以物喜不以己悲，他是自己真正的主人。

物欲太恶毒，它让这个世界变得可怕，在人类漂泊的旅程中，我们需要宁静地审视自己的内心，关爱自己的心灵、既而关爱人类关爱这个世界。

生活不能简单地理解成：吃要这样，穿要那样。我理解的生活简约其实就是人不要将太多的精力放在关注表面的事情上，对物欲要减一些减一些再减一些。越简单就越轻松，越简单就越快乐，无得失计较，无舍得权衡，不亦快哉！少了关注表面，就会有更多的时间关注内心。静下心来多读点书，多思考，用真善美来培育心灵，每天都能听听自己的心音，不说三省吾身，一周一省，一月一省都能让生命趋向美丽。尤其对于女人而言,腹有诗书气自华,少了表面的累赘,看起来会更加清纯、干净,不要让铅华掩盖了生命本来的样子。坐看水云间,让生命以本来的样子开花,想来这就是生命的本真吧。

仰望天空

　　工作累了,会透过办公室的窗户看外面,向下看是熙攘的菜市场:芸芸众生,柴米油盐,不论是趾高气扬的还是低头沉默的,都是真实地活着的。人们各走各的路,说着实际上互不关心的话语。向上看,则是一年四季大部分时间还算蓝的一片天空。抬头看天,思绪就会飞得很远,在天尽处那朵云彩间停驻。这时,我会更多地摒弃外在的东西,让心灵沉静下来。现在的人几乎都不愿意倾听,包括倾听自己的心灵。谁又会在意花开的声音,云走过的痕迹呢。

　　网络上曾流行过一句话:"思想有多远,就滚多远。"这话也许没有道理,但在现实生活中却在一定范围内存在。虽然是事实,但我还是不认同,一个没有思想的头脑等同于行尸走肉。有趣的灵魂与美丽的外表,也许都不重要,重要的是成为一个有思想的人。对一个人而言,思想是你之所以成为你的辨识物。

你的思想应该存在于你有权利作决定的范围内。物质的东西是一些与生命本质无关的东西。在精神的世界里,人更能感受到生命本来的样子,虽然外表已经千形百状,但每一个生命本来的样子都应该是美好的。

仰望天空,会让自己的目光走得更远,心灵如天空般宽阔。

仰望天空,会产生对自然的敬畏之情,天地苍茫间,人是如此渺小如尘埃。

人在做,天在看。抬起头看天,抬起头做人。我们不能做到改变世态,但可以做到改变自己的心态与观点。去容忍那些不能改变的事,有勇气去改变那些可能改变的事。看淡名利、金钱,没有什么是离开了就不能活了的东西。舍弃的越多,看得越淡,就越能心灵平静,越能体会平凡的幸福。

工作累了,看看天,寻找一下风的轨迹、云的足迹。

无论是谁:贫穷还是富裕、高贵还是卑微、高尚还是龌龊,都有仰望天空的自由,仰望天空会让人自省。

看天时有时会有一分感动,但感动之泪不会流下来,抬着头,给天空一张笑脸,那份感动会在心里。

　　看天吧,天是那样蓝,云是那样白,心灵是那样广阔,世界是那样美好。

　　抬头吧,把心灵打开,让阳光进来。

　　阳光地看人,阳光地看天,阳光地看世界。

血脉

国庆大假的最后一个晚上。小女儿从山西旅游回来了。戴着装饰着清朝格格头饰的发卡,孩子兴奋地给我学说导游教的:山西人把人叫"复",树叫"复",水也叫"复",睡觉也叫"复",说话也叫"复"。

其实在新疆,许多人也这样说,说话叫"佛",树叫"复"。新疆话多为由甘肃话演变而来,而甘肃话中也能或多或少找到山西话的影子。这是一条从洪洞大槐树下一路向西的文化之路。

奇台山西会馆几度风雨沉浮,门前的那棵老榆树依然风华正茂。新翻修的春秋楼,威风凛凛的关老爷,都在无声地诉说着一条传承之路。在新疆,许多人会说自己老家是山西,都是从大槐树下出来的。尤其在木垒和奇台。过了玉门关的人们从星星峡一路过巴里坤到木垒,再到奇台然后一路向北。一路而过,山西抻面、晋菜代表过油肉一路而来演变成了名震新疆的奇台过油肉拌面。

我第一次站在平遥的城墙上远眺四周村庄,穿过田野的风让我第一次意识到自己的血脉之根从这里起源。走在古香古色的平遥街道,第一次吃各种叫不上名字的面食,我居然一点都不感到陌生和好奇,就好像天天都在这条街上走过,从来就不曾离开过。据说平遥古城已有两千八百年历史。鼎盛的时候,平遥城往来无白丁,大大小小的院落中,演绎了当时或奢华、或讲究、或精细的形形色色的生活。

站在平遥城墙上,我有感慨。多年前,我曾经梦中到过这个地方。我清楚地梦到有一个二层木楼,一圈围着,中间有个天井。看起来是无稽之谈,却也让我心生亲切。住在平遥驿站的客栈里,点起铜的油灯,晕黄的灯光映在白墙上,身影在灯影里晃动,恍恍惚惚间,仿佛穿越至古代。

街头,一个小贩叫卖两元钱的削面用的工具。买回来,揉一团面,一锅下到锅里莲花转的刀削面赢得叫好,吃者们惊讶:你居然会这一手?

自小喜欢作家张石山的小说,但直到山西作协组织作家来昌吉，我才知道他是山西人。开会坐在张老师的身后翻看他的新作，难掩激动之情。至今能记得《血泪草台班》里的文字，觉得那些人物对话是那样亲切。如今，我承担着专门介绍山西风物的版面编辑工作，专门向读者介绍山西风物。

山西是中华文明的发祥地之一，汾河边祖祖辈辈的山西人用姓氏、用血脉阐述着根祖文化的重要性。根祖文化是中国人挥之不去的情结，见面先问"您贵姓?"寻根寻祖，探寻自己的血脉之源，"我是谁，我从何而来。"到山西旅游，许多人都会去尧庙祭祖寻根。那是中华民族的发源地，一个安静的地方却是一个让人心生敬畏的地方。在临汾，我们专门去了尧庙，在中华门前留下照片，据说只要走过这个门，就会知道了自己从何而来。

寻根溯源，我以自己的血脉为荣。我以中华子孙为荣，血脉中的诚信忠义传承延绵，生生不息。

诗酒趁年华

　　塞上春未老。天正蓝,云正白,微风不燥,夕阳正好。金色的光线照射在青花的瓷瓶上,泛着玉般的光泽。水晶的杯盖隐隐发着银色的光。素胚青花,笔锋浓淡,瓶身上雍容的牡丹和吉祥的喜,古朴中传递出人间烟火气。这是我日日用的水杯,是有人送给我的一个古城淡雅的酒瓶。色白花青,青花瓷瓶如贤淑的女子自顾自美丽着。何以慰风尘,唯有酒一壶。走过历史的烟尘,见过春日夏风,秋叶冬雪,岁月只余下一杯酒。这一杯酒是经过千年的沉淀酿造出的。

　　世间的缘分很奇妙。我一个不喝酒的人,却在某一天与酒厂结缘。因为文学结缘,我成了古城文学社的一员。

　　第一次走进酿酒车间,第一次喝着刚滤

出的摔碗酒。除了好奇更多的是敬畏。走下长满青苔的明代的酒窖，岁月就随着隐隐飘在空气中的酒糟香气穿越时空而来。酒香在这里封了600年，时光也在这里封了600年。一杯往事，一世红尘，自山西张姓来这酿酒，杏林泉的水就在一代一代工匠的手中传承着，用真诚做骨，用真情做魂，漂泊到此的游子们在这一壶酒中氤氲着乡愁，岁月就在这点点滴滴中弥漫开来，飘香一城。

古城酒成就了古城文化，古城文化造就了古城酒的韵味。地生奇台奇，酒源古城古。我是从奇台的文友们那里学会了这句话。奇台的文友们只喝古城酒，当他们举着各种酒杯敬酒的时候，肯定会先有一串串的说辞，绝不会是简单地劝酒。奇台人有文化，这是我们当地人的共识。金奇台、旱码头，千峰骆驼进古城。悠久的历史和丝绸之路新北道的重要驿站，让奇台成为繁华商埠。经济的繁荣也带来了文化的兴盛。李白斗酒诗百篇，自古诗酒不分家。可能正是因为古城酒的醇香才孕育了奇台文化底蕴的深厚。

青山一道同云雨，吾心安处是故乡。我是古城文学社的成员，人在昌吉，不能经常参加文学社的活动，但在每一期的《古城文学》杂志上都能看到文友们兴奋的神情。因为《古城文学》每一期里的那些字字句句，我与奇台就这样建立了一种情感上的联系。当与文学社的文友们走进会馆参观时,感受着那些从远方到这里求生的人们的经历,想象着千峰骆驼进古城的烟尘。古城酒就在岁月的烟尘中被一个个走西口的汉子大口大口地灌进嘴里,抚慰乡愁。

前段时间在采写福建援疆干部时,听到了两个有关古城酒的故事:一是休息时间几个援疆干部在打牌,规定输的人喝酒。结果酒倒出来的时候太香了,赢的两个人也都抢着喝,不论输赢一瓶古城酒让四个人一抢而空。福建朋友说:葡萄美酒夜光杯,新疆产美酒真是名不虚传。还有一个朋友从南方到昌吉来,因为不适应寒冷的冬季,感冒一直好不了。朋友建议她喝古城酒,她平生第一次喝了几大口白酒。结果奇迹出现了,感冒居然好了。我很喜欢告诉别人这两个故事。

认识古城酒,是因为认识古城酒业的人。最早认识的刘老,喝了一辈子古城酒,70多岁的人,平易近人而风趣。他与古城酒结缘60多年,与文学结缘60多年,感于他一辈子只喝古城酒的理念,我写下了《杯酒人生》一文。我打交道最多的古城酒业人是徐姐,她总是生机勃勃,充满活力。徐姐是古城酒业酒大师的女儿,是地地道道的古城子人。心直口快的徐姐,长期担任《古城文学》的编辑,是文学社的秘书长。所有文学社的活动都由徐姐安排组织,一次次采风,一次次交流,一次次笔会,都凝结着徐姐的心血。有一年古城酒业出版厂志,徐姐带着我在印刷厂通宵加班,我瞌睡得眼皮总打架,可徐姐一直神采奕奕,当天色渐亮时,我们校完了厚厚一本书,古城酒业的历史在朝阳中又迎来了新的辉煌。徐姐酒量大,端起酒杯说:"喝古城,万事成。"很有仗剑天涯的巾帼风范。徐姐的妹妹在西安工作,虽然不在古城,但那血脉中流淌着的古城情缘,让她写出的文字里散发着古城酒的芬芳。我读到她写的一篇写父亲的文章,不禁动容。作为一个一天可看万字以上文字的编辑,说实话,能被打动不容易。但文中对古城酒的热爱,对酒厂那种刻在骨子里的认可,以及对酒大师父亲的尊重,真挚之情发自内心。唯有真情最动人,古城人爱古城发自内心,而且这种传承生生不息。

与古城结缘多因参加各种与文化有关的活动。古城人爱说:"喝古城酒喝的是历史,说的是文化,聊的是情义,成就的是共同的事业。"

古城酒业的人喝酒只喝古城。奇台人喝酒也只喝古城。我想这是一种情怀,是热爱家乡、热爱企业的一种体现。也是对自己价值的认可和尊重,这是一种工匠精神的传承。

　　无论时光如何转换,醇厚酒香里的古城老酒窖依然是600年的边塞春色,是来自中原大地杏花村的绵绵酒香。爱过知情重,醉过知酒浓。600年的情谊如窖藏的原浆酒,在时光里发酵,历久愈醇。

　　风细柳斜斜,半壕春水一城花。休对故人思故国,且将新火试老酒。来一杯酒,慢慢饮,且趁青春好年华。

　　阳光中,酒味在岁月里流淌。写一段文字,记述悲欢离合,纵然岁月无情,任凭鬓已星星也。

浮生尽清欢

在宁静书海中染一身书香，是人生中多么美好的情景。最是书香能致远，腹有诗书气自华。

非常幸运的是，我从事了20年的编辑工作，在这个知识的海洋里品尝精神食粮。时光荏苒，在这里我不仅学到了很多工作中的经验还收获了很多知识，书香浸心灵，书香润人生。我们单位里都是文化人，善读书者众。在这样一种氛围中，我在阅读中找到了快乐，我在阅读中有了收获，我在阅读中成长。对我这个报人而言，阅读已经成为一种生活方式。生活中没有书，对我而言是不可想象的。床头、桌上、手边、包里，书就是我的生活必要品，对于素面朝天的我而言，书就是我最好的保养品、化妆品。

"暗红尘霎时雪亮"这是桃花扇中的一句。这也是我每每读到藻词警句,眼前一亮,心中一动的感受。白岩松撰文说读书是好事,书读多了就会有信仰。诚然,书与音乐一样,都是令人美好的事物。阅读让我每一天充满诗情画意,阅读让阳光常驻我们心里,让我心怀欢喜,感受快乐。

书的本质是什么呢?中国文字是象形字,"书"字最早的样子就是一个人在书写记录历史。那么我们读书是读什么呢,其实就是读前人留下的历史。书是人们精神交流的载体,有人形象地说,书籍就是人类精神的DNA,是人类一代代传承的文字密码。河图洛书是中国最早的图书,在我新看的一部玄幻小说中,它成了具有上古大神神力的神器。在我看来,所有的图书都是秘籍、都是河图洛书。读一本书,就是与一个有趣的人对话,无论其是智慧还是可爱。夜晚青灯读古书,就是隔着时空与贤人交流,每读到会心处,那种快乐是文字所不能表达的。如此,读书人高兴,写书人也快乐。作为一个写作的人,如果有一天,有人读到我的文字受益了、感动了、思考了,我会更加快乐。

古人云:学皆成性。只要读书必有所得。

那么所得是什么呢? 就如有一千个读者,就有一千个哈姆雷特。这个问题每人也有不同的答案。古人说书中自有颜如玉,书中自有黄金屋。读书求功名是古代人的主要目的,现代人读书求长知识、解决问题,这无可厚非。但这并不是我所欣赏的。我以为读书不必太功利,实用之书要读,无用之书也要读。实用之书让人立时可受益,无用之书却给人欢愉。经典之书好,现在的新书也很好啊,书只要是写得好的,都有可取之处。

生命有涯而书海无涯。在有限的生命里只能阅读一些有限的书,所以,不必苛求自己要读多少书,也不必苦读书。读书本是一件快乐的事情,在我看来读书一定是要让自己感到快乐,读书本是一项有益的爱好。苏轼说:人生识字忧患始,姓名粗记可以休。自言其中有至乐,适意无异逍遥游。可见读书之乐趣无穷。对我个人而言,阅读是我的一种生活方式,自小养成,不易改变。每日必读几页书,好像一天的事才做完了,读书就如别人的锻炼、打麻将一般,一日不读全身不自在。我们文学沙龙的姐妹们在一起主要也是交流一段时间内所读之书的体会,女作家们随时随地从包里拿出书来,随时拿出读一段互相交流。

少年读诗,中年读散文,四十读史,五十读经(特指经史子集)。每个年龄段都能找到自己想读的书。现在人时间紧,尤其像我这样的新闻人加家庭主妇,可以大段读书的时间并不多。我就利用零星的时间,每天做家务之时一手拿书一手拿扫把,每日早上煮茶的时间可以看完一个短篇,炒菜时可读一些心灵鸡汤类的美文。如果是煮汤就有时间了,读一个中篇是没有问题的。早起晨光中别人还未起时,正是读书的好时间。

书太多,而时间太少。为了读更多的书,我先是拿来一本书,一目十行,粗读一遍,如觉得好,再细读。如再觉得好就放在枕边。

读了多少书,不好计算。唯记得,读到会心处的那种欢愉。好在,我是来者不拒,任何风格的书都尝试一读,包括网络文章。如今,人到中年,读书的目的更为单纯,真是为了读书而读书,因为读书是我生活的一种状态,是我生命的一部分。在读书中享受着人生的乐趣,一杯清茶,一本好书,伴随一束阳光。手捧书一册,浮生尽清欢,人生好像已经完美了。

心中的那滴眼泪

10多年前，站在古尔班通古特沙漠边缘，听凭漠风有力地吹过脸庞，那一刻我突然地想起了《百年孤独》黑血一样暗红的封面；有一天，烈日之下，我独自盘坐在鸣沙山上，看黄沙蓝天与太阳纠缠，听沙与风在合唱，那种天高地远，让我感到天地苍茫而人之渺小，人类与生俱来的孤独感再次袭上心头，一闭眼天地融于心，一睁眼泪流满面。那一时，我又想起了《百年孤独》的开头那句"许多年之后，面对行刑队，奥雷良诺·布恩地亚上校将会回想起，他父亲带他去见识冰块的那个遥远的下午。"

30年前的一个下午，穿着白裙斜倚在夏日黄昏窗边的小女孩第一次读这本书，当合上书时，眼泪突然地就涌了出来。说不清为什么而流泪,也不知为谁而流泪。小女孩那时并不懂什么叫命运,更不会明白人生终将获而一无所获,万事万物最终将回到原点的道理。也许她连书中循环使用名字的各色人物都没有分清,但她就是落泪了。夏天悄悄过去,留下小秘密:一个夏天,小女孩为一本外国书流泪了。这不是粉红色的回忆,而是一个沉重的、黑色的记忆。如飞在空中的毯子,在我的记忆中飞了多年。

那个长猪尾巴的男孩被一群蚂蚁围攻并被吃掉。就在这时,奥雷良诺·布恩地亚终于破译出了梅尔德斯的手稿。手稿卷首的题词是:"家庭中的第一个人将被绑在树上,家族中的最后一个人将被蚂蚁吃掉。"原来,这手稿记载的正是布恩地亚家族的历史。在他译完最后一章的瞬间,一场突如其来的飓风把整个儿马孔多镇从地球上刮走,从此这个村镇就不复存在了。这是书的最后一段。

这个小女孩就是我。

近30万字的书,我终于用两个下午的时间读完了。读完的一瞬间,我已经累得好像走过了千山万水,只有一种经过长途跋涉之后渴望立刻倒头睡觉的感觉。

我合上书,抬眼看窗外,一地的夕阳如金。金红色的光线穿梭在楼层间,停滞在窗前浓密的杨树叶上,一片片的树叶如同黄金制成的,一闪一闪地发光,如同水波纹。

呆望树叶很长时间，一丝咸涩滑进嘴角。抬手一擦，我已经是满脸泪水。

这是一本叫《百年孤独》的书。当我从图书馆把这本书借回来的时候，我很后悔。我不知道自己能不能把它读完。看看借阅纪录，的确没有几个人借过，就算借过可能也没几个人读完它。

我从杂志上得知有一本叫《百年孤独》的书，获得了1982年的诺贝尔文学奖。出于对书的贪婪爱好，我开始找这本书看。然而在我们这个偏僻的边疆小镇，没有几个人知道这本书。幸运的是，在图书馆的角落里找到了它。它是以系列书中的一本出现的，其他的书都有人借，只有它长时间的安静地在书架上等读者。我好像是它的第三个借阅者，所以它很新。我之所以不厌其烦地说这些细节，只是为了说明这本书真的要读起来是很困难。而且我要说明的是，我是一个不轻易哭的人。举例说明：当年男人女人小孩都在为一部电影《妈妈再爱我一次》哭得泪眼迷离的时候，整个电影院可能就我一个人没有哭，在人人擦眼泪往外走的人群中，我很另类。我被一起走出影院的陌生男人骂成怪胎。在大家鄙视的眼光中，我知道了孤独的滋味。当时，我是一个爱穿白裙子的小姑娘。说这些是为了证明，为这本书而流下的泪水在我而言是多么珍贵。

　　读过的人都知道这本书的内容庞杂,人物众多,情节曲折离奇,再加上神话故事、宗教典故、民间传说以及作家独创的从未来的角度来回忆过去的新颖倒叙手法等等,令人眼花缭乱。刚刚开始阅读时,我曾一度失去了读下去的勇气。

　　这其中的主要原因一是书中诉说的故事大都荒诞不经;其二是作品中人名的反复出现和相同怪事的重复发生。还有陌生的地理环境、陌生的拉丁美洲让我一开始很难读下去。

　　然而,"许多年之后,面对行刑队,奥雷良诺·布恩地亚上校将会回想起,他父亲带他去见识冰块的那个遥远的下午。"短短的这句话,是吸引我读下去的因素。

　　持续了4年多的雨,老年神父不可能只喝了一口可可茶就能浮在空中,死者更不会因为耐不住寂寞就重返人间。但这一切都发生在了这个家族的身边。更令人奇怪的是,书中这个绵亘了百余年的世家中,男子不是叫作阿卡迪奥就是叫作奥雷良诺,而家族中各种奇怪的事情,从家族的第一代创始人阿卡迪奥直到家族的最后一个守护者奥雷良诺的身上反复地发生着。正如书名《百年孤独》一样,"百年"代表着七代人的宿命,"孤独"则是这个七代人不同孤独的形状,这一切都被遗传印成了家族徽章。

　　次子奥雷良诺上校,他身上有一种"尼采"的情结。这个发动了32次武装起义，躲过14次暗杀、73次埋伏和一次行刑队的枪决的男人，在提及战争的起由时说道："我现在才知道，我是为了高傲而在战斗。"这个让人心酸的人物在晚年平息了自己的欲念时，他反复不停地做着小金鱼，融了又做，做了又融……

布恩地亚的子孙们无不遗传了这种家族的孤独性，这种孤独性的最终结果带来的必将是毁灭，在最后的乱伦中，终于生出了长着猪尾巴的祸根，随即，马孔多便从地球上消失了。作家用血淋淋的现实和荒诞不经的传说，让读者体会到最深刻的人性和最令人震惊的情感。

书中的每一个人物都深刻得让我觉得害怕，读完全书感觉最强烈的便是书名所启示的悲凉的孤独感。孤独的宿命围绕着这样一个家庭，一代代相同的名字，似乎也预示着他们相同的命运，布恩地亚家族七代人每个人的精神历程都是一个圆。终点最终回到起点，让我感觉到巨大的苍凉与悲凉。

吸引我的还有他离奇夸张的写法，人们能听到"蚂蚁在月光下的哄闹声、蛀虫啃食时的巨响以及野草生长时持续而清晰的尖叫声"；如俏姑娘雷梅苔丝抓住床单升天；一连下了四年十一个月零两天的大雨等等。最离奇的是全体居民传染上一种不眠症，人会失去记忆。为了生活，他们不得不在物品上贴上标签。这种魔幻色彩为我打开了另一个世界的窗口，自此对魔幻小说特别的偏爱，我成为《哈利·波特》的铁杆粉丝。

《百年孤独》有许多年我都没有勇气去看，我怕自己的脆弱承担不了这生命的孤独，然而多年来，这本书如同那滴眼泪已经藏在我的心里。

人生来就是孤独的，苦苦在世上挣扎，读罢《百年孤独》，一种凉彻骨子里的孤独让我不寒而栗，一阵凉气从心底冲出，带出了这冰凉的泪水。这泪水渗到了我的性格中，这孤独感也影响了我的写作风格。

人的孤独，主要来自内心的孤寂。无论是身居沙漠还是身处闹市都一样，尤其是繁华落尽人独立的孤单只影和人散曲终之后的冷清，都是让人害怕的孤独。然而比起人与人之间的冷漠而言，这些都算不上什么了。人害怕孤独，更害怕受伤害，因此越来越孤独，就好比豪猪永远不能相互拥抱取暖。

再读此书已经是 20 年后，人到中年再读已经没有了少年时的好奇与兴奋，少了代入感，以更平和的心态接受故事。但是那种悲凉与孤独感却有增无减，这本书已经把一滴眼泪留在了我的心里。

也许是因为少年不知书中意，读懂已经书中人吧。

故乡的书写

人如同树,都是有根的,邮票大的故乡总有一丝牵扯着情愫的东西。离开了就想念了。想念中总想留下些什么,可以在现实与理想间穿梭的小说是记录情感最好的选择。

普通人回望故乡,可能只是乡愁;文学大师回望故乡,可能就会有不朽作品。从故乡出发,写作故乡,重塑故乡,无数文学大家创造出了属于自己的文学世界。福克纳说:"我发现家乡那块邮票般大小的土地即使我写一辈子,也写不尽那里的人和事。"家乡就是一个写作者的根,也是创作取之不竭的源泉。一个没有故乡的人在写作时是很难的。写着写着就没有了素材,如天上的云一样的思绪总也没有可以依附的实体。情感也像树一样需要扎根,然后从泥土里汲取营养。

《木垒河》是我们当地作家写当地的一部长篇小说,当地的电台录制成了广播剧,经常在电台上播出。在书即将面世之际,我读到了作者传来的电子版。书上市后,一时洛阳纸贵,无缘得读。直到新年过后,我才细读了多遍。又不时挑出其中部分片段细细品读。这部小说是从一个嫁了三次也嫁不出去的不祥的大龄剩女开始,开启了发生在木垒河边民国时期的移民们的创业史、奋斗史。

木垒是丝路北道的重镇,一代代的人从这里走向北疆各地。离开故乡来到陌生的地方,为了生存,他们不得不放弃一些,并吸纳一些,由此而形成了独特的既区别于原乡又区别本地的新的生活习惯、新的文化。比如新疆曲子,比如新疆社火,比如过油肉,比如拉条子。随着一代代西出阳关的脚步,走进新疆,又融合了本地各民族的各种元素,形成了与中原地区不同的特点。在《木垒河》中,这一特质非常明显,显示出了当地文化中各民族融合的元素。

离开了故乡的人们,本身就是一曲悲壮的歌。如同浮萍落地生根,坚韧是他们唯一的武器。向西向西,一路向西,为了生存的人们来到木垒河。一代代人如胡杨把根扎在了木垒河边,把不屈于命运的剪影留在天地间。巍峨的天山下，在这片长着胡杨的盐碱地上，弹冬不拉、敲手鼓、唱京戏、吼秦腔的人们，杂居在一起，交融、冲突，融合着，演绎的爱恨情仇中每个人都可以从中发现人性的善与恶、心灵的美与丑，文字把这些前尘往事拽出来，荒野上，历史的辙印里，搭建了一个历经苦难却生生不息的新家乡，一个全新的西部的传奇。

人生而孤独，对于离乡背井的人们来说，这种孤独世代相传。镇东南角一段夕阳下残破的城墙，是历史留给这个镇子的印记。木垒文史中有一小段记载木垒西城门曾在修建的过程中塌了，修建的工匠姓潘。这一点史料经过六年的发酵，创造出一个想象中的木垒河。这个木垒河与现实中的木垒县城可能相像也可能不一样。

木垒河对于作者就如同高密东北乡对于莫言，是福克纳的约克纳帕塔法，是马尔克斯的马孔多，这些都是从故乡的土地上长出的精神大树。

作者笔下的这段前尘往事，折射出作者对命运的无法掌控和畏惧感。小说一开头"该死的娃娃球朝天""狗日的命"和结尾"终究逃不出个命"定下了小说悲壮的基调。

人生如蚁。谁都无法预知，下一刻等待的是什么。这种认识让作者本人和小说中的人物更多的具备了坚韧的品质，让整个小说始终弥漫着悲怆的意味。

　　小人物，谁又能真正掌握自己的命运呢？每一个人，谁又不是被命运玩弄于股掌中呢？被扭曲、被践踏的一群人被冥冥中的命运之手操控着。小说所弥漫的这种悲剧感，与作者对命运的思考有关。正如作者在后记中说：想那些远逝的时光里演绎的爱恨情仇、生之艰辛、死之无奈；想我自己，想人生于这个世界，暗含于命运中的很多必然与偶然。人类是如此渺小无助，而现实却是如此强大坚硬，恍然间，就觉得世间万物不过都是高高在上的天爷掌股间的玩物，而我们谁又能逃脱命运的役使？小人物的生存沉浮在特定的历史背景下，人物命运的走向与历史时代背景结合起来，如同夕阳下胡杨的剪影，苍凉而辉煌。

　　木垒河的胡杨，三千年不朽。沧桑的树身记录着移民们沧桑的历史。看过了胡杨的沧桑，就懂得了什么叫坚强。人生如浮萍，在哪里生根，谁也料想不到。多年前，我曾写过一篇文章《异乡人》曾引起了一些争议和共鸣。现在看来，有少年不识愁滋味的意思。大地广阔的胸怀接纳了每一个热爱它的人。如同巍峨的天山雪松、木垒沧桑的胡杨，只要头上有天、脚下有大地，异乡终将同为故乡。

　　"狗日的命"，谁也掌握不住。这种虚无，让人感觉"终究逃不出个命"，人被无形的绳索牵扯着，对命运掌控的无力感使文学有了悲剧性的美感。

　　人到中年的某一天,我突然就释然了,通透了:命运这个东西,无力掌控就不要掌握,随遇而安也不失为一种智慧。虽智大迷,难得糊涂,异曲同工地放过了自己,放过自己放过命运,拧巴的人生是痛苦的。终究逃不出个命,就不要逃了,从容面对吧。有一种勇敢就叫:看到了生活的痛苦之后,依然热爱它。

红楼梦中缘

"一个是阆苑仙葩,一个是美玉无瑕。若说没奇缘,今生偏又遇着他;若说有奇缘,如何心事终虚化?"当这熟悉的歌声响起的时候,我自然而然就想到了1987版《红楼梦》的片头,那无稽山情埂峰下的那块石头。

《红楼梦》是我少年天空里彩虹似的一抹亮色。那段时间好像我每天早上一起来就是为了等着看这部电视。中央电视台20:05分开始播,而我们这里却还没有下班。放学一进门打开电视,已经放了一段了,经常看不上开头。直到放假我才可以痛痛快快看。一部电视剧让我年少的时光变得绚丽多彩。

我们一家都是"红迷",有着很重的红楼

情结。把一部《红楼梦》,不知翻了多少遍,一随手拿起的书多半就是《红楼梦》。

除了原著,我们开始关注红学,看《雪芹传》,看周儒昌的学术文章,看张爱玲们这些红学专家的文章。孩子们说话聊天常常张口就说出原著里的文字。我们常借红楼梦里的典故或人或事或原话,这种借代,不读《红楼梦》的人就不知道我们在说什么。我们把所有的钱都用来买有关的画片;因为喜欢剧中的歌曲,我花高价买了正版带子,里面的每一首歌我都唱得如痴如醉。

这么多年下来,究竟看了多少遍《红楼梦》,说不清楚。这种喜爱,也延伸到各种戏曲中,川剧《红楼梦》我和孩子能认真地看完。《百家讲坛》刘心武、周思源、周儒昌讲红楼,我兼容并包,统统地接受。刘心武评《红楼梦》的书,全买了回来,一本近30元。书店里进了周儒昌校的前八十回红楼梦,58元一本,抢宝似地买回来。

从5岁拿起那本繁体字发黄的《红楼梦》,一晃已经换了许多版本了。时间沉淀,岁月流转,经典穿越时空魅力永存。

好几个读书社的书友们将《红楼梦》视为必读经典,举办过多次读书分享会。也多次有人邀请我做有关《红楼梦》的讲座,但我从来不敢尝试,《红楼梦》岂是我所能解读的？一言难尽红楼梦，哪敢轻言，心中是遮不住的青山隐隐，流不断的绿水悠悠。

有作家朋友曾说："我一直觉得你就是《红楼梦》里的人物。"多少年来，友人一直称呼我"史姑娘"，可能是因为我的粗线条的豪爽性格颇有男儿之态吧。这个称呼，是我最珍爱的。

"千红一窟，万艳同杯。"身为女儿家，感知这样的宿命谁不是悲从中来呢？红楼诗词，一句道尽世间事。人生忧患识字始，自小读红楼，没有学会"世事洞明皆学问，人情练达即文章"。却形成了悲春伤秋、多愁善感的性格，学会了冷眼看世情。

滴不尽相思血泪抛红豆，一千个读者就有一千个红楼群芳谱。生而为人谁又不是风刀霜剑严相逼一路走来，多少情感不都是霁月难逢、彩云易散。多少故事却也是水中月、镜中花。世间情、世上人都是千里搭长棚，没有不散的宴席。衰草夕阳，飞鸟投林，万事万物均有定数，又有什么想不开，舍不下呢。

每每放下手中的《红楼梦》掩卷沉思，总会想起这句："青山依旧在，几度夕阳红。"我家小女常用古筝弹奏《枉凝眉》，并邀我和唱之。婉转之音缥缥缈缈，美则美矣，但总觉得过于悲凉。自己自小把这首曲子唱了何止千百遍，却禁女儿弹之。作为母亲,却不想让她心事终虚化,总想让有人与她立黄昏,有人问她粥可温。

最怕是听懂了一首歌。少年不知曲中意,再唱已是曲中人。初读不知书中意,再读已是书中人。信矣。

似这般姹紫嫣红

相对于宋词，元曲好像接地气了不少。我有时将唐传奇故事与元曲放在一起看，故事有不少相似之处。喜欢元曲的人不多，我接触元曲也是中学时买了一本元曲选注的处理书。那本书里有四五个剧目，其中第一个就是《牡丹亭》。一字字读来竟然韵味十足。

第一句记住的元曲是"良辰美景奈何天"。不理解何为奈何天。后来，在电视上看了昆曲的《牡丹亭》，真真的美轮美奂。后在苏州专门到茶馆听了昆曲清唱。青春版的昆曲《牡丹亭》真是太美了，怎么也看不够。不是专业人士，我总是将昆曲与元曲画等号，也不知对也不对。有几年，口袋里爱放一本小开本的《元曲小令》，读也是喜欢

185

读,但记性是一年不如一年,读时觉得满口留芳,掩书却一句也背不出来。只有上学时背过的,尚能背出。其他的就是觉得好,却也说不出好在哪里,像一口葡萄酒细细地品着,能意会却不可言传。

小时候,曾想过去唱京戏。那时迷恋小武生,天天踢腿压腿,想穿上靠戴上翎子把银枪舞得呼呼作响。年纪大了,就喜欢青衣了,喜欢张火丁慢慢地唱来。自从第一次看了昆曲《十五贯》,以后对戏曲就钟爱了。所有的戏种都爱看,黄梅戏、越剧,河南戏、评剧、京剧都喜欢。小时候电视戏曲节目都在中午播,我常常不睡午觉看。一次,我居然看粤剧的《三探御妹刘金定》,一句也听不懂,可我还是全本看完了。以前我不太喜欢秦腔,嫌吵,可有一年暑假,电视上播了一台西安秦剧团演的新编历史剧《秦始皇》,坚持看了下来,而且从那以后我对秦腔也有了好感。后来跑文化口子,跟秦剧团的演员们一起下乡演出,慢慢地居然从那高亢的唱腔中听出了韵味,天高地阔的大西北,是需要这样高亮的声音。那带着沧桑和悲壮之情的唱腔,确实是关西大汉手持铁琵琶发出的铮铮之声。

新疆曲子,我们当地的剧种。当了多年文化记者,跟曲子剧团打交道很多,也接触了不少土生土长的农民唱家子,听到了原汁原味的曲子。在准噶尔盆地边缘的一个团场,从一个农民老爷爷的口中听到《虹彩妹妹》时,我大吃一惊,我一直以为是香港歌星唱的,却在边城的田间地头听到了此曲。

　　"原来姹紫嫣红开遍,似这般都付与断井颓垣。"一些东西随着时间的流逝失落了,而有一些却如沙里澄金般留存了下来。戏曲便是其中之一吧。

爱的光穿过夜色

一抹阳光在天井的井口斜成了 45 度角,形成一道浅浅的光柱。流年就在这个光柱里穿梭。黄昏的三坊七巷,游人如织,越发热闹,闷热的空气在温柔的夕阳中变得凉爽起来。

我跟着导游细细游览这栋清代建筑,这是全国重点文物保护单位。导游听说我是位文学爱好者,就特意重点给我讲述这里曾住过的两名女子:林徽因与谢婉莹。导游福州口音的普通话,细细软软,但话语的分量却是很重:这两个不同时期在这里居住过的女子,如耀眼的明星照亮着中国文学的天空。在导游软软的声音中,在日渐昏黄的天色中,我仿佛看到一个梳着童花头的十一二岁的小姑娘斜倚在紫藤书屋的门上看斜阳。

导游说,谢婉莹十一二岁时就住在这里,这间书房是她读书的地方。

第一次读冰心的作品,是从小学的课本里读到的《小桔灯》。新学期领到新课本,首先就被《小桔灯》的名字吸引。桔子只是吃的,怎么会是灯呢? 细细读完,那盏穿过夜色的橘黄灯光就深深印在了我的脑海。几十年来,想起它,就有一股温暖,就有一种安慰,就会想起罗曼·罗兰说的:世上只有一种英雄主义,就是在认清生活真相之后依然热爱生活。

冰心从三坊七巷走出,缓缓一路走来,走上了中国文坛最耀眼的顶峰。这位福州的女儿,活了99岁,成为一代传奇,被称为"世纪老人"。不知为什么,一说起冰心,我的脑海里就是她浅浅的微笑,小姑娘时的微笑,青年时的微笑以及90多岁时的微笑,一点含蓄,一点羞涩。作为现代著名诗人、作家、翻译家、儿童文学家,她的《繁星》《春水》《寄小读者》《小桔灯》等作品,她的"有了爱便有了一切"的爱心精神,教育和影响了一代又一代的读者、千千万万的年轻人,成为中华民族宝贵的文化财富。

这个女子从这间书屋走来,一路走了近一个世纪,成为慈祥的冰心奶奶。我总以为是上天的眷顾,让这个爱与善良化身的女子成为一段传奇。如果说生命是旅程,冰心

99年的人生旅途左边是善良,右边是爱与同情。让爱与善良充满世界,这是冰心的特质,不管世间沧桑如何,冰心用文字与微笑面对。在冰心的文字里,时时传递着温柔的坚强。这是另一种形式的英雄主义。

这一特点,《小桔灯》里尤其突出。那一点朦胧的温暖的烛光,是黑夜里的一束光,给人温暖,给人希望,给人指引。山村小姑娘、不起眼的小桔灯、小姑娘照看生病的妈妈和做灯送客这些十分普通平凡的人、物、事,在光明与黑暗正在作生死搏斗这样一个时代背景下,尤其可贵。

无论多么艰难的环境下,山城的路多难走,小姑娘都没有放弃爱与希望,小小的小桔灯就是她坚强与乐观的象征。而冰心本人的善良与博爱也让她感受到这份乐观与坚强。她们用小桔灯这温柔的坚强来对抗黑夜。灯光虽弱,却带着人性的光芒穿透了夜色,照亮了前进的路。不朽的爱与善良让小桔灯一直引领着人们向着光明,向着希望走去。

时至今日,一盏普普通通的小桔灯,依然震撼了许许多多人,给人以无尽的思索和深深地启迪,这就是小桔灯的光芒,这就是文学的魅力,这就是爱的力量吧。

二喵与小黑

　　二喵是一只橘猫，一只大个子憨憨的橘白相间的猫。二喵是只流浪猫。它跑到值班室后被保安收留了。我值班的时候。它就蹲在我的椅子下面，我脚一动，它就跑出来，吓得我不敢动了。我想着它应该有个名字，就问它："叫你小桔好不好？"以前这里有只猫因为是黑色的，我就叫它小黑，所以偷懒就叫它小桔，但它睁着大大的圆圆的眼睛看着我，我说："不愿意吗？"它"喵喵"叫了两声。我说："那就叫二喵吧。"它喵了一声，那个神情就像一个乖乖的小女孩。值班室里不断有小孩进出，都到这里来上兴趣班的，有漂亮的学舞蹈的小姑娘，二喵就往上凑近乎。有喜欢的会摸摸它，也有怕猫的，躲着走。这时二喵就有点失落地走回椅子下卧下,把头趴在地上,长长的尾巴一摇一摇的。保安大姐告诉我,二喵是好品种的猫,其实不应该流浪,最好有人能收养它。我是怕猫的,也不懂品种好坏。但见了二喵却凭空生出怜惜之情。临近中午时,有个妈妈来接女儿,说想收留二喵。但抱到怀里后,女儿又说害怕,不想要了。妈妈把二喵放下来后,二喵一下子跑了出去,远远地站在院子中间看着这些人。我想,它受了惊吓,一会儿可能会回来吧。忙了一会,再想起二喵,已经不见了。院子里也没有,可能又继续去流浪了吧。它再没有出现过。院子里的人说起它,不胜唏嘘。如同说起一个落难的公主或王子。一只猫在短短的时间里让人们感慨其身世,可见对美的事物人是极易生出怜爱之情的。我与二喵的缘分也仅限于给它起名叫二喵。不知它如今流落何方。一见乍欢后相忘于江湖,人生也就是如此吧,人与人,人与猫同理。

　　小黑是大厦里的团宠。小黑也是一只流浪猫。来的时候还是个小宝宝,在大楼里一天天长大,一会儿到这个办公室,一会儿到那个办公室。姑娘们会给它带好吃的。在住在单位的一个多月日子里,小黑天天到我们吃饭的地方来逛,吃饭的地方就在我宿舍的旁边。晚上小黑就在楼道里转来转去,保安说它有可能是捉老鼠呢。我在半夜里突然看到亮亮的黄色的眼睛,还是被吓着了。小黑通体黝黑,两只眼睛却是纯黄的。我不喜欢它,总觉得像《妖猫传》里的妖猫。小黑喜欢坐在美女的怀里,动不动就趴在椅子里。小黑黏人,见了我就往我腿上扑,我怕毛沾到我身上,就用脚挡它。小黑记吃不记打,楼里的姑娘都宠着它,都是咪咪地叫,没有给它起名字。我看它浑身黑,就随口叫它小黑。大家也就跟着叫起来了。春天和夏天,经常看到小黑卧在一楼广告部的落地窗那晒太阳。初秋了,吃过晚饭,我会下楼去散步。小黑也是那会儿散步,我们经常会碰见。后来我发现小黑有个奇怪的爱好,它喜欢闻花香,经常在草丛和花丛里钻来钻去,鼻子上常沾了一点花粉。一次,我隔了铁栅栏与人聊天,小黑一直在旁边仰头吃草。人过马路了,小黑也跟着走,我着急喊小黑小黑,已经跟到马路中间的小黑听到转了回来。好在路上没有车。然后那一天,它总跟着我,踢了也不走。后来,小黑不见了,谁也不知道去哪儿了。我希望它最好是被人收养了。

　　小时候,我在亲戚家生活。他家里有一只大狸猫,这猫是黑黄条纹的,身形巨大。每晚,猫都是睡在我的脚边,有一天半夜醒来,它睡到了我身上,黑夜中两只黄色的眼睛闪闪发着金光。我一惊,从此害怕猫,再不与猫亲近。小黑的眼睛与那只大狸猫相似。那只大猫是40年前的事了,想起小黑,也顺便想起了它。

　　见过一只神奇的猫,是一只大狸猫。在丽江古城,一条小巷子里,一面画满了东巴文字的墙。很奇怪的是,那时,在人挤人的丽江古城居然那里没有一个人。我突然地拐进小巷子的时候,那只猫正在聚精会神地看着墙上的文字。我非常震惊,吓得不敢动了,猫儿感觉到我在看它,马上跑到旁边的门槛上卧下来。我好奇地过去看墙上写着什么,是东巴文,写着东巴人从洪水中诞生的各种神话,我惊诧于一只猫难道也能看懂? 我看看那只猫,它好像晒着太阳睡着了。转了一大圈,又绕到这里,刚才装睡的那只猫此时又在聚精会神地看着那面墙。见我来又马上跑开。无独有偶,在白沙古镇,一只纯黑的大狗在贴着地图的木板面前看了又看。因为看文字的猫像麦格教授,看地图的狗像小天狼星,这两个《哈利·波特》中的人物,让我觉得魔法的世界好像真的存在一样。

　　就像科幻电影演的一样。事物的外表和实质是有区别的。神奇的世界,神奇的动物,浩瀚宇宙中一定还有许多秘密,一定有什么是我们不知道的神秘。

一枝一叶总关情

　　题记：岁月静好，是因为有人负重前行。

　　有这样一群人，他们在脱贫攻坚的最前线，他们一身土，两脚泥，他们在田间地头、居民小区忘我的工作，披星戴月，踏石留印、抓铁有痕。他们就是"访惠聚"工作队员。我便是其中的一员。

　　每当人静心闲的时候，我时常会思索，人的一生到底该怎样度过才不算虚度呢？到底该如何走完一生才能将遗憾减到最少呢？到底什么才是活到最后心中所最想要留住的呢？ 走过岁月，历过沧桑，看过繁华，洗尽铅华。我的2017，注定是不平凡的一年。生活总有奇迹，人生的转弯处总会有惊喜。没有想到，人到中年，我人生的轨迹转了个道,让我对人生又有了不同的认识。

那一年,我将生命熬至滴水成珠。

幼年时读过的一段话,2017年清秋的一个值班深夜,出现在我的脑海中:钢铁是怎样炼成的,是在高温中锻造,在冷水中淬火然后由铁成钢。生日这天,我在空荡荡的大门口值班,这是个不能眠的夜晚。想到这句话后,对于忙乱的生活状态,好像有了理解,也好像也有了安慰。

这一年我放下写字的笔,放下工作的电脑,来到了社会的细胞——社区。这一年我成为一名光荣的"访惠聚"工作队员。这一年我将沐雨播下富民强村的希望种子,迎风催开凝聚人心的民族团结花朵;这一年,我将用真情融化冬雪,收获喜悦与感动。这一年,我的眼眸总是那么深情而专注,如果可以,我愿意燃烧自己成为别人的一束光,我愿意赠人玫瑰即便没有丝缕余香,尽管在人群中我是如此的渺小,如此的微不足道。

金风送爽,美丽的昌吉天蓝云白,万物霜天竞自由。

11月的昌吉色彩斑斓,映衬出如洗的天空格外清澈。昌吉市喜获全国文明城市的荣誉称号。看着朋友圈的各种点赞,我不禁感叹:所有的努力都会得到回报。这份沉甸甸的荣誉里,有我们工作队的心血,也有我洒下的汗水和付出。

　　2月1日,春节的节日氛围还在身边萦绕,作为"访惠聚"工作队员的我住进了社区办公室。每天走在7个小区里,走在辖区的200多个商业门面,看着居民商户们亲切的笑脸,听着他们热情的招呼,心里暖暖的。每天手抱入户底册和各种宣传单子,胸前挂着工作牌,穿行在小区、巷子。这是个有着近1万人,280多个商户的大社区,人员复杂、小区老旧,社区干部少。我们工作队也只有3个人,加之人员调换,我已经成了这里的"老干部"。为了百姓安居乐业,群众岁月静好,作为工作队员我宁愿负重前行。

　　春寒料峭之时,各项工作开展得并不顺利。冬季雪下得多,清雪任务重,商户对我们的督促宣传非常反感。在一次签字的时候,有一个女商户说自己不认字,我说你可以按手印。这下惹火烧身了,她对我破口大骂,手上正在刷鞋子,沾上鞋油就要往我脸上按,说:"犯人才按手印,按你脸上行不行!"我假装没有听到继续跟她好好说话。打了几个月的交道后,真心换真情,这个大姐每次见了我都给我个凳子让我坐下休息一会儿,8月见我热得浑身是汗,还要专门切了个西瓜让我吃。还有一个砂锅店的老板,我到他店里去检查或宣传,他都是躺在长凳上不起身,一双脚对着我。我也不跟他计较,每次都假装没有看出他对我的轻蔑。终于在4月的一天,我跟店员聊天说到已经近70天没有洗上澡，说到两个多月住在办公室多不方便，留孩子在家里独自生活等话题。正假装睡觉的老板听到这里，一下子起来，请我坐下。从那以后，路过他那里，他都要跟我打个招呼，而且特别配合我们工作。居民和商户跟我是一天比一天熟络起来。大家叫我：社区那个女的。我很喜欢这个称呼，这表明群众认可了我。带着同事入户时，一路走过，居民商户一个个跟我打招呼，同事们表扬我："他们跟你的关系咋这么好呀。"这话，让我自豪。

　　7个小区中有4个需要进行老旧小区改造，从3月的宣传到9月的完工，一个夏天，我穿一双布鞋，从晨光初露到月上中天不停穿行在各个工地上，一会儿停电了，一会儿停水了，一会儿居民告噪音扰民了。两个月，一双鞋子磨穿了底。又两个月，另一双也要磨透了。8月的一天，我刚值完夜班，24小时没有闭眼，早上8点顾不上洗脸刷牙赶到一个居民家让他把地下室的门打开配合改造。前一天物业说他很不配合，我要在他上班前堵住他。这是个小伙子，光着上身打开了门，没让我进去，我站在门口给他说了改造的事。突然，他把门关上了。我吓了一跳，以为自己说错话惹了他。正站在门口反省时，小伙子又打开了门，这次他穿好了衣服，告诉我他会请假等在家里配合我们的工作。多么通情达理的居民呀。

　　在回办公室的路上，接到民警的电话，工地上出事了。一栋楼的地面下沉，因为经费需要楼里的人分摊，有人家不想出钱，所以多年没有修。工作队拿出钱来修。已经开工一段时间了，但前一天晚上，因为施工挖断了自来水管，一个晚上没有抢修好。早上，居民打了施工人员。我折回头跑到工地上。楼门口已经围了近百人，二到六层的阳台上也站着人，打人的居民是个老年男人，他正理直气壮地在乱骂一气，旁边不少居民跟他一起呼应。这个楼因为质量问题，出现的情况较多较复杂，我们不推不靠，没日没夜地在工地上处理问题，但还是有居民不理解。一群人围住我骂。我对打人者说："大哥，你先别急，听我说。"没想到，这一声"大哥"惹了事，这个大哥的巴掌挥到我脸前，骂我："你要不要脸，叫我大哥，我70岁了，你妈没有教你吗？社区的人都叫我叔叔，你是啥东西，还有X脸叫我大哥。你们都是干啥吃的。"翻来覆去就这句话，旁边几个人也帮着骂。他的手就在我的脸上拂来绕去。警务站的民警在我身后，气得小声说："姐，让他打你，他一动手我就抓他。"不管他说什么，他都是我们的居民呀，我想还是先解决水的问题吧，大家等着水做早饭呢。与物业经理商量从市政上拉来了一车水。然后给书记队长打电话。这时，天上下起雨，没吃没睡淋着雨，我头晕地蹲在地上，一股股血从体内流到裤子上,裤子湿冷冷的,身体一阵阵发抖。那个居民还要纠缠,我没有办法了,给他深深鞠躬道歉:"对不起,我错了,叔叔好。我不应该叫你大哥。你原谅我吧。"这时拉水车也到了。我就去帮居民一桶桶地接水,将一桶水交到居民手中,一个居民对我说了声:"谢谢。"我的眼泪一下流了出来,脸上分不清是雨水还是泪水。几个月来抛家舍业的委屈在那一刻涌上心头。我默默擦去眼泪,继续帮居民一桶桶接水。

9月中旬,全国文明城市验收,连着几天在大街小巷里捡垃圾、扫街、洗站台。那里的居民和商户对我非常热情,还有人帮我捡垃圾。一直到晚上10点多,他们还在清洗,他们给我说:"一定要配合你的工作。"

春天入户时,朱阿姨对我说,家里的轮椅坏了,想给老伴要个新轮椅。因为他们的户口不在这里,按政策他享受不上。张大哥在路上拦住我说,想要个轮椅把瘫在家里的88岁的妈妈推出来晒晒太阳。队长想办法,终于在8月中旬给他们解决了这个问题。我们把轮椅送到他们手上的时候。88岁的老妈妈拉着我的手,流着泪说:"感谢党感谢政府。"在群众的眼里,每一个党员就代表着党的形象。

对一个中年人而言,经常性的加班加点,身体上已经开始吃不消,有时加班连在一起会连续几天几夜不睡觉。

春天和夏天的两次全民体检,人多时一天就有900多人进出。一个夏天,身上的痱子一层没好又起一层。最难的是经常加班,24小时不睡觉,第二天继续干。社区干部说我:"你个老婆子是打了鸡血了。"鸡血肯定没有打,一起值班的保安师傅常说:"你是党员你的觉悟高。你比机器人还好,不用充电。"这句话是鼓励是表扬也是鞭策。社区多是女人,而我是其中最老的,在我看来,她们就是我的孩子、我的姐妹。好事让给社区干部,好人让社区干部当,苦活累活我来干,一年的时间,我用真心交到了社区的这些朋友。

工作队的到来,给社区带来了新的变化:小区改造了,免费公厕建好了,四个学习阵地建起来了,社区的文艺队活动搞起来了,组织了多场公益演出、放映了免费电影,成立了篮球俱乐部。

我们为居民吐鲁洪江家5岁的两个双胞胎儿子解决了上幼儿园的问题。他家只有他一个人工作,却有四个孩子,因为交不起私立幼儿园的学费,两个孩子5岁了还在家里。四处奔波,最终将两个孩子送去了公立幼儿园,一个月就能节省2000多元的学费。吐鲁洪江送来了一面锦旗:心系群众为民解忧。库尔班的女儿没有工作了,我包片的门面上正好有一家要开张的药店,我把这一情况汇报给了队长，队长又是四处托人，最终让他的女儿上了班。离家近，工资高，专业对口还能照顾家。库尔班一家感激不尽。

放眼望去，远处巍峨的博格达峰脚下有一排排漂亮的小高层，那里就是我的家。已经 10 个月没有回去过，家中六年级的女儿独自生活、独自上学，这是最让我挂心的事情。但工作太多了，我都没有时间去考虑家里的孩子吃饭了没有。只有开完晚上的总结会，空了的会议室里只剩下我一人时，看着外面灯火已经阑珊的街道，才想着孩子睡了没有呢。一次晚上，我从外单位开完会，坐着公交车从我家附近路过，看到一个小黑影贴着小区的围墙弯着身体，背着个大书包急匆匆地走着，那是我的孩子放学回家。路上已经没有什么人了，孩子害怕，尽力把自己缩进靠墙跟的黑影里快速地跑着，有一条流浪狗跟在她后面。这个孩子怕狗。现在没有办法，没有指望和依靠，她只能自己面对这一切。我看到这一幕的时候，她正在想办法摆脱这条狗。坐在公交车上，离孩子越来越远，我只能在心里为孩子鼓劲加油。

这对孩子来说，是成长的机会，对我来说也是成长的机会。我从一个文学编辑的风花雪月中走进了火热的生活，一身土，两脚泥，在每天的辛苦中与群众越来越近，只要为群众办了一件事,解决了一个困难,心里就多一份喜悦,多一份自豪。

感觉累的时候,我就一遍遍地背《木兰辞》,电影《花木兰》下载到手机上,没事就看。没来由的里面有句台词让我感动:"我们的背后是祖国的土地,是父老乡亲。"

郑板桥的一首诗,也成为激励我工作的座右铭:衙斋卧听萧萧竹,疑是民间疾苦声;些小吾曹州县吏,一枝一叶总关情。夏天的供水、冬天的供暖,事虽小,却连着群众的心,我虽是个小人物,也当思报国,也当记挂着群众的冷暖。虽然站在人群中我是不起眼的那一个,但脚踩在大地,我是那样踏实。我相信芳华因信仰而璀璨,生命因炽热而永恒。

浮生篇

雪的歌唱

　　雪落有声。雪粒子从天空中争先恐后地落在头发上,女人就听到它们轻轻地欢叫。每一年的雪落,女人都会听到雪的歌唱,只要闭上眼睛,就能听到岁月流过的声音,这是孤独的生命的欢歌。

　　女人在今年的第一场大雪中怀念一场30年前的雪。

　　那场雪其实与任何时候的落雪没有区别。这里是西北,一年中有半年是要下雪的。下雪在这里的人看来,太稀松平常了,下不下雪也只是打招呼时随口一句没有意义的闲聊,下雪了等同于吃了吗。

　　日子就像是连环套,30年的光阴一天一天过去,昨天、今天和明天没什么不同。只有在下雪的晚上,才会觉得30年的时间居然短到来不及细想，有些事、有些人只是一转身就不见了，连一句再见也不曾说。

寂静的世界里，昏黄的灯光很温暖。女人抬头看雪。每一场大雪中都有悲伤，每个成年人的生活都是劫后余生，每个人的冬天都是孤独的。

下雪就是下雪，年少就是年少，冻得红红的小脸在北风中撕扯得生疼，顾不上理会，伸出手想接一朵完整的雪花，捂热它然后融化成水滴，留在心上。那场雪太大了，但那场雪也是暖的，在昏黄的路下漫天飞舞的雪花欢叫着，争先恐后地落在头发上。那时的头发又黑又多，那时的眼睛又大又亮，那时的笑声脆生生的，那时的心思单纯又天真。只是因为一句话，让那场雪与众不同。"你一定等着我，我会来娶你的。"少年的眼里闪着光芒。女孩轻轻地笑了，女孩天真的笑声响在雪无声地歌唱里。女孩冲着少年狠狠踢起一脚雪。雪落在少年的鞋子上，少年拉过女孩，蹲下来给她重新系鞋带："鞋带以后一定要系好呀，要不会摔倒的。"女孩脸红了，急急地跑开了。

自此女孩的鞋带再没有松过，但人生的跟头却没有少摔。雪依旧，那昏黄的路灯却不再温暖。

一生也走不出的那场雪。孤独不是用来说的，而是用来走的，走呀走呀，在雪地里踏出一条路。回头看，路又被雪盖住填满。来来回回地走来走去,就想踏出这条路。在与雪的较劲中,她只能不甘心地认输了。回看那场雪,站在30年后的类似的场景中的女人无声地笑了。想温暖那落下的雪,却迟迟伸不出手。裹紧棉帽,走进风雪。

　　30年来听到的雪的歌唱,也许其实只是一厢情愿的幻想,雪落其实从来就无声。对女人而言用30年的时间看清真相,有点残酷但也不晚。

　　大雪无痕,看似静美,却只有在风雪中才能感知风有多冷,雪有多凉。

　　成年人的世界里没有容易两个字,谁还不是一个人熬过冬天呢。

　　过好一生没有什么技巧,就是笨笨地熬。熬呀熬呀,将生活熬成了一锅粥,然后将粥喝下去。

　　记忆中那盏橘黄的路灯,照亮风雪夜归人穿过风雪。

　　一场雪下了30年,女人的一生只此一场雪。

　　雪落无声,大雪无痕,起风了,风停了,恰如世上人来了又走,走了又来。

去大渠

　　透过敞着的院门，一眼就能看到小院中间开得像火一样的鸡冠花。大红的中间夹杂着紫，越发红得浓重起来。露水还来不及散去，在花尖上闪烁着太阳的光线。鸡冠花像极了一只只正在斗架的公鸡，竖起的冠子上还挂着汗珠子。鸡冠花后面一院墙的喇叭花一朵挤着一朵朝着太阳吹喇叭，粉红的已经开始打蔫，白色的还很精神。花花就坐在大簇的鸡冠花前面，花花今天特别漂亮，她穿着粉红的衫子，米白的裤子，头上还戴着簇新的有金线的淡绿色的纱巾，就像一朵喇叭花。

　　"花花，你啥时有新头巾了？"花花顾不上回答我，转身进了旁边的伙房。等她出来手里已经拿了一个布包。她拿起放在院门

210

后的双拐,从坐着的布垫子上站了起来,斜靠在门框上,坏的那条腿踩在门槛上。"快点!"花花压低声音重重地说,一脚就跨出了院门。那样子就像在执行任务的地下党。我一下子就紧张起来了,也压低了声音说:"锁不锁门?""不锁,我没有钥匙。扣上就行了。""用啥扣?""门框下我藏了一截铁丝,你拿出来把门扣上。"我拿出铁丝,却够不着门扣子,踮了踮脚尖,还是够不着。"花花,我够不着。""真笨!"已经走出几步的花花又返回来,撑着拐杖把门扣上了。"我太小了嘛!"我不服气地说一边又用手推了推门看扣结实了没有。"快走,别让小三他们看到了。"快走了几步,花花又叫我慢点等她。"你才笨呢,还要我等你,你都十六了,我才四岁,你走得还没有我快呢。"花花是个拐子,她当然走不快,别看我小却能把她落下好长一段呢。"你多能呀,你人小鬼大呗。""你才鬼大,我没有鬼。"说话间,花花已经赶上来了。"别生气了,我又不是骂你,我给你做个耳环吧。""好吧。"我高兴起来。"可现在地雷花还没开呢,拿啥做呀?""用喇叭花。"

　　走过大老王家的院子时,看到喇叭花伸出院墙好多,花花掐了好几朵,把花瓣撕掉,取出花心,粘在一起,给我贴在耳朵上。我把头扭来扭去试试贴得牢不牢,我问花花好不好看。花花说好看。她给自己也贴了一副问我好不好看。我上下打量了她一会,点点头说:"花花,你很好看,你今天咋特别漂亮。""真的,你没发现我穿的都是新衣服。""就是哎,我光发现纱巾是新的,衫子和裤子也没见你穿过。你穿这么漂亮要走亲戚?那大渠那达我们还去不去?""去,就是要去大渠我才穿新衣服的。"我想不明白,去大渠为啥要穿新衣服?每次隔壁的东东从大渠回来都把衣服搞得脏脏的,他妈气得就用沾满泥巴的衣服狠抽他。我正想呢,就碰上东东他奶从洋井洗衣服回来,"妮子,哪去?""大渠。""去大渠干啥,回头你姨下班回来看不打你。哎,拐子你咋出门了,还穿那么漂亮干啥去?"坏了,被人发现了,我们精心设计的计划一下就被人发现了,我一下紧张起来。"奶,听小娃娃瞎说,我妈让我到团部找我爸,让妮子陪着我,我不是腿不利索嘛。""噢,团部远着哩,你妈咋让你个拐子去,你们走错路了,从那边走才对。""我妈走不开,我不认识路,都是妮子带错路了。"东东奶热心地给我们指路,团部的路我当然认识,可我们不去团部要去大渠呀。"没错呀。"我刚张嘴,花花拉了我一把,花花拉着我走上了去团部的路。走了一截回头一看,东东奶还在看我们呢,没办法我们只好走下去了。

"她会不会去告诉人,要让我妈知道就去不成了。""不会吧,东东奶挺好的,她对我可好了,经常给我东西吃,她还说要我给她们家东东当媳妇呢。""真不要脸,你才多大就想给人家当媳妇。"

　　走过李老奶家的时候,李老奶正在南瓜花底下的鸭棚里捡鸭蛋。我说:"快看,她就是李老奶,她会吃小孩呢。"李老奶家就在去团部的路边上,四周没有其他人家,这儿离大家住的地方也远,李老奶就一个人住着两间屋子,她的屋子从来都不让别人进,里面黑乎乎的,也从来不点灯;一间屋子里全喂着鸭子,屋子周围全种着南瓜。李老奶这人特凶,经常听见她跳着脚在骂人。每天她除了捡鸭蛋就是到别人家的菜地里偷菜,不,应该说是抢菜。她当着人家的面就摘,要是主人说两句,她就骂人家,好像是别人偷她的菜一样,要是真有人动她的东西那天都要塌了。上个月,东东带我去李老奶家探险,随手掐了朵南瓜花给我玩,李老奶竟然到我姨家骂,害得我姨送给她一小筐菜。这些事都是我给花花说的,花花从来不出门,她都不知道,今天她是第一次看到李老奶。李老奶穿着一条大裆裤,上身竟然什么都没穿,两只大奶掉在胸前晃来晃去的。李老奶大概发现我们在看她,直起身冲我们大吼:"滚,小X货。"她的河南口音听起来特别侉,我们冲她喊:"河南大裤裆,歪哒歪哒到新疆。"完了我转身就跑,东东他们那些大孩子都说李老奶会吃小孩子的,他们都害怕。说她尤其爱吃像我这样的小女娃娃。

跑了几步，我只好停下来等花花。好在李老奶没有追来，花花拐拐达达走了过来。咋走呢？沿着大路是去团部，去大渠要从连部东头走，我们就得折回头，从大路岔口那里有一条小路，过去就是二连的马圈了。二连我可从来没有去过，说实话团部我也没有去过，大渠我也没有去过。姨姨说因为我太小了，所以我只能在连里面玩。东东他们每天都要到大渠玩，他说那里可好玩了，他们可以洗澡可以打水仗；可以在苇荡子里捉迷藏；可以看到野鸭子，也能掏鸟蛋。我从来也没有见过野鸭子。有一次东东拔了一根苇子回来，我求了好长时间他才送给我。军军说大渠苇子多得都没人要，到处都是。而且附近所有的大孩子都到大渠去玩过了。每次我求他们带我去，他们都撇着嘴说："小屁孩子还想去大渠，长大了再说吧。"再过一个月我就五岁了，我觉得我已经长大了，我为什么不能去大渠？可是姨规定我最远只能到麦地里去捉蚂蚱。捉蚂蚱是给鸡吃的，鸡吃了肯下蛋，不过也挺好玩的。在收割完的麦地里，翻起一个土疙瘩就能找一窝，一掀开蚂蚱就四处跳走了，就得跟着它们盯上一只，用双手扑上去扣紧，然后再小心地拽着蚂蚱腿放进小瓶子里。一下午我能捉一瓶子，捉累了，我就躺在地里休息，听听风的声音，看看蓝天和蓝天下面的雪峰,雪峰看起来离我很近,我还以为就在大渠那里呢,可东东说在大渠那看雪峰还是那样的。晚上我问姨夫,姨夫说雪峰还远着呢,有一百公里呢,一百公里是多少呢,我想不出来,可能比乌鲁木齐还远吧。

　　走在七月的清新里,我的心和脚一起跳跃。我一路采着小花和狗尾巴草。七月,正是一年中这里最好的季节,天空晴朗得像李老奶的鸭蛋,空气里总是飘浮麦子成熟的味道,各种各样的花开得最多最繁,菜地里也到了一年中最好看的时候,西红柿红得都要胀开来,茄子紫盈盈的,圆乎乎的沙枣也开始变白不那么涩了,最重要的是可爱的玉米可以煮着吃了,有时候姨还会带回来早熟的西瓜。中午太热的时候,卖冰棍的大叔就会骑着自行车来,他一边用草帽扇风一边喊:冰棍,五分一根。姨隔两天就会给我买一根,别人谁也没有我吃的冰棍多,有时候卖冰棍的大叔还会把化了的冰棍水送给我,我用小碗装着可以留到晚上吃。当我舔着粉红的、绿的、黄的冰棍时,东东他们都羡慕地看着我,然后他们就会说:"去大渠玩吧。"然后他们就说:"不带你。"

　　花花从来没有吃过冰棍,也没有去过麦地,大渠也没有去过。每次我给她说的时候,她听得特认真。有时候我都不想给她说,她却缠着问我。我觉得她太可怜了,哪里也没有去过,还不如我这个四岁的小孩子。有几回我拿着冰棍想让她尝尝,当然只是吮一小口,因为她实在不明白冰棍有多好吃,我怎么给她讲她也想不出来,老是问我是不是像凉粉一样。冰棍和凉粉当然是不一样的,可她不明白。可是我拿冰棍来的时候,她总是要做饭,而且她妈也回来了,花花就是没有吃上我的冰棍。花花在家里都是坐在一个布包上的,那个用碎布做的包黑得发亮,花花坐在上面用手拉着在院子里走来走去,一会儿做饭,一会儿喂羊,一会儿扫地,当所有的活做完了,她就会坐在布包上织毛袜子,或是用根骨头捻毛线,这时候她就盼着我去让我给她讲连里的人和事。

花花家里总是飘荡着一股浓浓的卫生香的味道,花花每天在打扫完房子后都要点几支奶油话梅味的卫生香。花花是家里的老大,她还有三个弟弟,可他们太小了,还要上学;她的爸爸在团部食堂工作,妈妈要下地干活,所以家里的活花花就要多做。这些都是花花给我讲的。花花是个拐子,她的右腿细细的总是弯曲着伸不直,姨告诉我是因为她小时候得了小儿麻痹。只要我不肯吃药,姨就说病好不了就会和拐子一样。所有的人都管花花叫拐子,连她的爸爸妈妈弟弟们都叫她拐子。以前我也叫她拐子,一次花花给我用地雷花做了耳环,她让我不要叫她拐子了,她说她有名字叫花花，让我叫她花花。我就叫她"花花"。花花高兴坏了，还把她珍藏的一块黑油分给我一点。我们把黑油放在嘴里嚼，就像城里人吃泡泡糖一样。花花说嚼过后牙齿特别白，我的黄牙就可以变白了，花花答应我只要我以后不叫她拐子，她就给我黑油。花花其实没有那么多的黑油，但我觉得花花这个名字挺好听的，比拐子强多了，就算她不给我黑油我也不再叫她拐子了。从那以后花花对我特别好，有了好吃的都给我留着。

白天，大人们都上地里去了，大孩子也都上学了，小一点的要不跟着大人去地里了，要不就锁在家里，要不就让爷爷奶奶带着。再说了，那些两三岁的小奶娃子也太小了，我才不和他们玩呢。花花不上学，所以我总是等她妈下地后就到她家玩。花花的手可巧了，她用碎布给我做了一个娃娃，用狗尾草编小兔小鹿给我玩。花花还会用各种花的蕊做成耳环，用几粒麦子嚼嚼就可以吹泡泡。姨夫从上海出差回来，给我带回好多泡泡糖，我给了花花几个。等泡泡糖吃完了，花花就给我麦子嚼，我们好像每天都在吹泡泡玩。天气好的时候，花花还会把海娜花挤成汁给我在脸上点上两个酒窝，或是在眉心点个点。我的手指脚趾都让花花用海娜染得红红的。在连里，我和花花是最好的朋友，因为她只有我一个朋友，而我也只有她一个朋友。

姨说我整天跟着花花,都让她带成小妖精了,一点也不知道学习了,以后考不上大学进不了城可咋办呢? 姨一说这事就很发愁的样子,她和姨夫商量明年一定要把我送到学校去上学,不让我和花花混了。其实姨不知道,我也经常把小画书、《小朋友》这些书带到花花家里,一边学习一边给花花念。花花在这时候特别笨,好多事都不懂,老问我。我就给花花当老师,学着姨夫的样子拿一根小棍在墙上指来指去。我们家外墙上姨夫用水泥做了一块黑板,我还有一盒粉笔。我让花花到我家去,可她就是不去,她说她不敢出门,别人一见她就会笑话她,再说她妈也不让她出门。

　　我们沿着通往三连的大路走,路边是整齐的白杨林带,林带过去就是三连的瓜地。可能已经到中午了,太阳白得发亮,地面都烫脚,我一个劲地冒汗,刚擦掉又流下来。我又累又渴:"我走不动了,我们走的路对不对呀?"我站在路上不走了。花花说看瓜的人肯定睡觉了,我们去偷个瓜吃吧。我说我姨不让我偷东西,她知道了会打我的。花花说我姨不会知道的,再说不吃瓜我们就走不到大渠了。想想美味的西瓜,我同意了。花花让我去,因为我是个小孩子,别人不会骂的,再说她是个拐子也拿不动走不了。我走进地里却为难了,因为我不知道哪个是熟的哪个是生的,而且摸来摸去都太大了,我揪不下来也拿不动。

我大声问花花怎么办,这时候狗叫起来,我吓得转身就跑。

花花说没偷上就算了,我们走了一会儿,就在白杨林带里坐下来休息。花花从包里拿出两个煮熟的玉米。啊,美味的玉米,我一口气啃了好长一段,才有空说话。我说花花你从哪里搞来的玉米?花花说好几天前她就偷藏起来的,早晨做饭时煮好了的。我们吃完玉米就在林带里半躺着休息。太阳热乎乎的脸被杨树叶子分割成一条条的金线,只有麻雀不怕热也不怕累,藏在树荫里叽叽喳喳地吵架。一丝丝的凉风一阵阵地吹过来,真舒服。我迷迷糊糊要睡着了,花花忽然问我:"你是城里人,怎么会到连里来?"

连里的人都知道,我是个城里人,所以他们骂我的时候就叫我阿拉子。我两岁的时候才到连里来的,所以连里的那些大孩子们说我不是连里的人,他们不爱跟我玩。姨在团部卫生院当医生,姨夫是学校的老师。他们对我管得很严格,也不让我跟连里的野娃娃瞎玩。他们每天给我换衣服,让我看书,规定我写多少字。他们也不喜欢别的人到家里来串门,尤其不喜欢我带小朋友到家里来玩。姨和我妈是好朋友,她们从小是邻居。妈妈生了我们姐妹两个,可姨却没有孩子。我妈就把我送到这里来了。

花花告诉我,家里已经给她找了人家了。说那家人是卖凉皮子的，以后她还可以学这个手艺，也可以去摆摊卖凉皮子。那家人还送来好多东西，她身上的新衣服就是那家人送的。我问："要是你能摆摊子了，我可以到你的摊子上去吃吗？"她说，她一定会请我吃一碗，还会给我多放油泼辣子，拌得红红油油的，还要加上香菜。我说我不吃辣子，也不吃香菜。

我们实在是走不动了，在白杨树林带里，睡了一大觉。也有可能是迷了路，我们天黑了也没走到大渠。转来转去的时候，花花说我们是不是鬼打墙了。我们坐在大路上等人来找。后来，还是姨夫骑着自行车找到了我们。一前一后把我们带回了家。花花一进门，就挨了她爸一鞋底子，她妈上来没头没脑地一边打她一边骂。可能是看着姨夫的面子，他们没有说我。姨夫带我回家，问我是干啥去了。我只好把花花出卖了，我说花花要带我到大渠去，但我们没有走到。姨夫说我们走反了，离大渠越来越远了。姨夫和姨都没有打我，也没有骂我。后来一天，姨夫还专门用自行车带我去了大渠。大渠是没啥好看的，大渠上面的水库挺大的，挺好看的，不过上去挺麻烦的，那要先上到坝上，上去又高又陡还滑，反正花花是肯定上不去的，我是姨夫连拉带拽上去的。大渠完全不是我想象中的好。失望之余我哭了，我觉得花花挨了一顿打太不值得了。

好多年过去了,我回头想想,这一辈子了,好多事情都跟去大渠一样,付出太多的代价,结果永远不尽如人意,干啥事情都像是去大渠,吃力不讨好。也许人生不得意的人就是这样的吧。大渠如何于我而言已经不重要,我只是觉得对不起花花。不过,得不到的总是好的,花花也许没能到大渠也是好事,她会一直想象大渠是个多么美好的地方,有梦总比没有梦要好。

30多年过去了,可能花花已经不记得这件事了,不记得我了。我已经是个体态臃肿的中年妇女了,花花见了也肯定认不出我了,我想花花也一定成了一个瘦小的老太太。

这两年,当我看到卖凉皮子的摊位时,我就会想起花花。不知道她学会这门手艺了没有。如果有一天,我碰上她,我一定要让她请我吃一碗,还得让她多放油泼辣子,拌得红红油油的,也要加上香菜。一个跟花花年纪相仿的大姐给我谝传子时说,她在这街上卖了10多年凉皮子了,从来没有见过花花这么个人,她粗声大气地说:"卖凉皮子,有啥手艺,简单得很,有啥难的。不过要是个拐子摆摊子可就难了,拐子家家的,出门都不灵便,还卖啥凉皮子。"

甜蜜的戈壁

旋风打着口哨在白碱滩上张狂地扫荡着。村东头的白天鹅商店里,店主桂兰抹着泪跟刚刚从夏窝子回到冬窝子的牧民布尔兰絮叨着。布尔兰一家一夏天都在山上放牧,这才回到村子里。布尔兰带着女儿一是来看看桂兰,二也是想在商店里拿一袋面。这个商店,就像是全村人开的一样,谁家没有了油,来拿,缺盐少醋的也来拿。有钱了就给,没钱就在桂兰那个白皮本子上记下账就行了。桂兰从来不说啥,等有钱了再来销账。实在没有钱,也就算了,小钱桂兰不说,大钱桂兰会说小本生意,给个本也行。但桂兰的男人斌子会说,乡里乡亲的,啥本不本的。算了算了。

这个村子在北沙窝的边上,多为定居的

牧民。水少沙多,在戈壁上种地,庄稼都不好长,村里的人种的麦子也就够个口粮。沙漠上又没个挡挂,那个长毛风,一年一场风,一年吹到头。夏天热死,冬天冷死。夏天从沙漠下来的热气,让地面上生起一层白气,一部分地在村外的戈壁滩上连着沙漠,夏天在地里耕种的人经常能看到海市蜃楼。太阳长到一竿子高的时候,就不能再在地里干活了,阳光直辣辣的像要把人烤成肉干子。一进地,汗出得衣服马上就湿透。好在长毛风劲大,马上就吹干了,可那风吹在身上,像刀子刮一样。冬天可是能把人冻死,有好事的人,用温度计测过,有零下50多摄氏度,真的假的不知道,反正是温度计冻坏了,看不清楚了。斌子前年买了个越野车,说是烧柴油的,不能买烧汽油的,冬天太冷,汽油容易冻住打不着车。去年冬天,县上信用社的人到斌子家串门,说是回访。斌子宰了个羊,留他们吃饭。吃完要走了,车却冻住了,发动不着,就是用喷灯烤了好一阵子也不行。斌子留他们住一晚,明天中午天热了,可能就能烤开。没办法,只好住下。从此县上的人都知道了,一般的车可不能冬天到村子里来。

　　桂兰和斌子,是从附近乡镇迁来的。这两口子可是村里人公认的能人。两口子开过店,做过买卖,往口里倒腾过果子、哈密瓜。他们在南北疆都走过,据人讲还开过矿呢。这两口子当初来到村里,先开了个时装店。桂兰人长得漂亮,身架子好,也喜欢捣鼓衣裳,时装店开得挺火红的,村里的大姑娘小媳妇爱到店里来看看转转。挣了些钱,斌子就开始就想着包地种哈密瓜。斌子心善,村里人经常家里少了啥就来问他借,他就给。家里的桌子都让他借给别人了。一到春耕,家家手头紧,斌子家就成了村里人气最旺的地方。一年辛苦挣下的钱,都让他借出去了,连进货的钱都没有了。原想着秋天了,能把钱收回来,利不利的都不说,只要本能回来就行。可总有几家人,收成不好或是家里有急事,还不上。这钱就等于送了人,斯的克家的老婆有病,经常看病,家里只有出的钱没有进的钱。只要一上城看病,斯的克肯定来借钱,借的钱从来也没还过。斌子还是给他借,后来连欠条都不让打了。桂兰有点不愿意了,我的钱也是一分一厘辛苦挣来的,又不是风刮来的,你拿着我的钱送人情,不行。斌子骂她,女人家不懂事,人家是碰到难处了,要不谁借钱呀,找你借,说明你人好,人家才愿意来借。再说,咱是外来户,也要跟村里的人搞好关系。听了这话,桂兰也不说啥了,借就借吧,只要家里过得去,钱多钱少还不是一样过。

店里的衣服卖是卖出去了,也是赊账的多。衣服终究是买的人少,村里人穷,顾了吃就顾不了穿。时装店开不下去了,桂兰改开粮油店,想着生意能好些。村西头王老二家生了一窝丫头子,家里光景艰难些。斌子看着桂兰将时装店撤下来的衣服收进蛇皮袋子放到衣柜顶上,也不帮忙。却说应该给王老二家那几个丫头穿去,他的理论是反正也卖不出钱了,放着也是放着,还不如送个人情。桂兰想想他说的也对,但看着一袋子连标签都没拆的衣服还是舍不得。斌子说,放着放着就不时兴了,一过时连送人都没人要,你以为人家丫头子不讲究。桂兰想起王家大丫头是来店里看了好几次,她看上了一件毛衫衫子,不过没有买。按她家的经济情况,她是买不起的。那可是件羊绒衫呢。桂兰自己把那件羊绒衫留下了,准备自己穿,现在就放在那个袋子里。桂兰给斌子说了这事,把这件衫子抖出来在身上比划着。斌子坏笑着说,看你胖的,胸大得很,衫子都要撑破了呢。你就别穿了,粉红的看着骚情得很。让人家大姑娘穿去,好看。连哄带骗的,硬是让他把一袋子衣服都送了人。那年过年,村里几家建档立卡户家的小媳妇、大姑娘都穿着桂兰家送的衣服,娃娃多的人家,半大的女娃也穿着大人款的衣服。那件粉红的羊绒衫还是穿在了王老二大丫头身上。桂兰细细打量,同意了斌子的说法,穿在人家姑娘身上,就是比穿在自己这个老婆子身上好看。虽说自己身架子还好,但岁月不饶人,脸上也衬不住那个粉红色了。

粮油店其实就是个杂货店。啥也卖,谁家没啥了就来买,店里没有桂兰就给进货去。好在斌子有车,经常到县城帮她带回来。运费啥的就不说了,可往往拿回来连店都不进,就给人家送家去了,只要是让斌子送货,那钱一般都是赊下了。桂兰就不让他送,让他看店,自己去送。好坏拿不回钱,还能打个白条,也算是有个凭证。桂兰骂了斌子好多次,你就是送人,也要送在明面上,让人领个人情。斌子一脸不屑,都是一个村的,谁不知道谁,领个人情想干个啥,又能干个啥。桂兰说不过他,就防着他,坚决不让他独自看店。他看店,那赊账的白条子成沓成沓的,碰上村里的老人来,他不仅不要钱,还给送回去。店门就大开着,走了。桂兰骂他,他说丢不了。咱村上人不会偷。不管他是真傻还是假傻,反正桂兰是不指望他能挣下钱来。桂兰好言好语地给他说:"咱是开店挣饭吃,又不是搞慈善的,帮急不帮穷,帮得过来吗?"这话斌子好像听进去了,光靠自家那个小店,又能帮多少呢。斌子很快就成立了个合作社。搞得有鼻子有眼的,还有个啥章程。桂兰不懂那些,就认真务习自己的店。斌子走东家串西家的,村里好几个人入了社。合作社那年种的哈密瓜,品种叫个西州蜜。刚开始桂兰不关心,想着让他胡折腾去吧。没想到,越来越成事了,村里人都听斌子的,斌子成了个什么致富带头人。

当年哈密瓜丰收了。一下子卖了10多万,合作社的人都挣钱了。村子里笑声都多了起来。斌子让桂兰把家里的钱都拿出来,说是要扩大种植规模。桂兰这次听了斌子,全村人都信他,自己老婆哪能不信呢。娃娃在外地上大学,明年也毕业了,还确实不用钱了。

合作社有名气了,参加的人越来越多。有些没有劳动能力的,还有些干活喜欢偷奸耍滑的也加入到社里。桂兰不想要,斌子非要同意。说他们也是没法子挣钱,就带着让他们也挣些个,改善家里生活。桂兰哼了一声,你还真觉得自个儿是个刘玄德了,仁义得不行了。你当刘玄德,好像我就愿意当白脸曹操一样。你要就要吧,我也管不了。

因为瓜卖得好,村里人开始叫斌子"瓜王"。斌子在桂兰面前得意起来,我是瓜王,你就是瓜后。别看桂兰是个女人家,好歹上过学,她对斌子说,种地这是靠天吃饭的事情,要靠老天爷赏不赏饭吃。你以为是你日能,其实是老天爷照拂你。老天爷对我好着哩,要不我能娶上这么漂亮又贤惠的媳妇。虽是油嘴滑舌的,桂兰心里也是受用。斌子就是嘴甜,村里大人小孩都喜欢听他说话。

甜蜜合作社打出了名声,加入的人越来越多。可以连片种植了,斌子一下子铺了一个大摊子,家里那点底子肯定是不够了。斌子跟桂兰商量,用她的商店和家里的房子抵押贷款。桂兰心里有点担心,身家性命可是全押上了。万一有点啥,日子可怎么过呢。可是开弓没有回头箭,斌子下了大决心,要做成这件事,自己还得支持他。

当年种了上千亩的哈密瓜,年景好,风调雨顺的,哈密瓜不仅产量高,品质还好。糖度远远超过标准,达到15度。看着丰收在即的哈密瓜,合作社的农户高兴得像喝了蜜一样,大家说,我们这个戈壁滩是流蜜的戈壁滩。

哈密瓜丰收了,销路却成了问题。路远,贩子不愿意来,哈密瓜是季节性很强的,成熟期就是集中在10来天里,早了不行,晚了也不行。卖不掉,变不成钱,收成好也没有用呀。提前一个月,斌子就愁上了销路。他天天开车出去找以前认识的一些人、以前做生意时的客户。跑来跑去的也没什么进展。听着他整天价唉声叹气的,桂兰也烦心,桂兰说,你找镇上领导去呀,有困难找领导呀,叹气有啥用。还真让桂兰说着了,斌子到镇上找领导,结果镇上领导又汇报给了县上领导。县上内地援疆的副书记非常重视这个事情。又是请媒体,又是到地里视察,又是动员买爱心瓜。1000多亩地的哈密瓜都卖出去了,合作社农户家家都挣了大钱。卖完哈密瓜,村子里那个喜气,连空气中都是哈密瓜的味道,像流着蜜一样。

　　斌子专门到了一趟儿子的学校,他让儿子学电商。这次销瓜的过程中,他看到了网上销售的优势,通过网络和手机,成千吨的瓜卖到了福建。他还没有去过内地,种的瓜倒去了。自己年纪大了,手机玩不转,儿子应该玩得转吧。他对桂兰说,花钱送他上大学,这点用处总得有吧。县上的农技所也找来了,派来两个技术员到地里测了几天,又让斌子到县上参加了一个培训班。斌子回来说,这科学种植水深得很呐,要学的东西多着呢。明年继续扩大种植,全种西州蜜,种子都订好了。

　　这次不用动员,村里种地的都加入了合作社,就连附近乡镇的农户也加入了进来。斌子把村里牧民圈里的粪都买了回来,全部施到地里,这样地的劲才大,明年哈密瓜就可劲长吧。

　　开春,斌子种了2000亩的西州蜜。他今年可是甩开了膀子要大干一场。要是今年瓜卖得好,全村人都可以脱贫致富了。斌子侍候瓜比侍候媳妇还精心。人逢喜事精神爽,两年里,斌子挣回的钱比她开十个商店都多,她现在是服气得不行不行的。所以也格外的大方起来,店里的东西先拿着用,米呀面呀的,随便赊,有钱了就给,没钱就算了。村里人说两口子越来越像了,人缘好得没法说。

　　好日子持续到8月。早上天还晴晴的,中午却下了一场雨。桂兰跟布尔兰说起这件事,还是忍不住哭了出来。"前一天我和斌子到地里去看,2000亩的瓜,长得好呀,瓜有这么大,真真大丰收呀!"斌子当时给桂兰说,这些瓜能挣200万元,等卖了瓜要带你到福建旅行去,瓜都去过了,咱们还没去过呢。桂兰高兴的,这么多年,两口子还真没出去正经旅游过。谁知第二天就下了一场雨。淋了雨的瓜开始裂口子,斌子和桂兰在地头听着"嘭、嘭、嘭"瓜裂开的声音,当场桂兰就哭了,斌子也哭了。

　　瓜还没熟就裂了口,合作社各家情况都差不多。瓜熟的时候,斌子一个老客户来收瓜。斌子想了想把他领到了合作社小周子家的地里。客户把小周子家的瓜买了两车,小周子家好歹是保住了本钱。斌子还请客户到他家瓜地里随便挑,挑上的送给客户当样品,让他帮忙给宣传,联系些买家。客户挑了地里最好的16个瓜走了。2000亩地的瓜没有卖一分钱,这等于绝收了。村里人明着暗着议论纷纷。桂兰心疼斌子,自己从不说这件事,还拦着别人不让说。天灾也是没办法的事,只要全家人齐心过日子就行。哪知家里还是吵架了。

　　瓜要熟了,儿子请来了一个网红搞直播推销。儿子大学毕业后,自己创业,在外地开了两家酒吧,但是到瓜成熟的季节,他就回家来帮忙。儿子是斌子的好帮手,儿子有文化能干,斌子一般都听他的。

自己种的瓜就跟自己的娃是一样的,舍不得呀。儿子让斌子到地里去挑瓜,他心疼,哪个瓜都舍不得丢,挑挑拣拣地拉回家四皮卡车瓜。结果打包时,儿子只挑出一小部分,其他的都不要了,斌子心疼呀,说好好的瓜咋就不要了。儿子还不愿意了,说他不讲品质,把不合格的瓜拉回来干啥?父子俩就为这事吵了起来。斌子说这是在2000亩地里挑回来的瓜,能差到哪里去,有的小口子才一两厘米长,可以算是合格瓜,哪里就不行了。儿子说一点口子也不能有。做生意要讲信誉,不能让顾客有一点不满意。儿子把斌子拉回来的瓜都扔出来了,斌子气得在家摔盆子打碗的。儿子就是不要那些瓜,硬是将瓜放烂掉。

父子俩吵了一阵,谁也不让谁。后来还是桂兰出来断了这个官司。"我说儿子说得对,做生意要讲信誉,将心比心,顾客从几百公里外买了个瓜,有小口子,就是1厘米,心里也不舒服呀。"在妻子的支持下,斌子向儿子认输了。大部分的瓜被挑了出来。原本能卖400万元的瓜,就让斌子送给了村里的牧民当饲料。

斌子是个热心人,这桂兰比谁都清楚,村里人爱向他借钱,有还的,也有不还的,从来都没有讨要过。村民们没面到店拿面,没油就来拿油,只要他在店里,经常让人白拿东西,账都不记。光记下的赊账有满满两个记账本子。斌子看谁困难就把家里的东西给谁,也不管家里用不用。村上牧民多,生活困难的也有,看他们有困难桂兰自己也是经常给钱给东西。乡里乡亲的,这就是个情分。

但银行每个月的贷款要还利息,一个月3000多元的利息还没有着落呢,不按时还息会影响个人信用,桂兰着急地上火了。那天斌子出去收账,结回来2000元钱,钱还没进屋,哈力克就来借钱,他转手就给了。贷款利息咋办呢? 借出去的钱,经常都要不回来,以前宽裕也就算了,可现在银行利息等着还呢。桂兰终于跟他吵了起来。本来因为绝收的事情,桂兰一直不想刺激斌子,但这次自己可以让着他,银行能嘛? 欠债还钱,天经地义,你看是不是别人也像你一样,不还就不要。桂兰愤愤不平地想着。不管了,让你也长个记性。

斌子还来劲了:"人家肯定是有难事才来借,哈力克的妈妈病了要用钱,利息再想办法吧。我就不相信过不去这个坎。"

瓜地位于沙漠边缘,干旱、缺水,土质是沙土,光照时间长达16个小时,很适合种植西甜瓜。2013年斌子成立了甜蜜合作社,带头种起了哈密瓜,在他的带动下,周边先后有120多家农户种哈密瓜。家里连着几年挣了钱,也带动了当地的种瓜产业。但今年赔了钱,大家心里没了底,不少人开始退社。为了明年能有人跟他一起种瓜,斌子忙着走东家、串西家地劝说大家明年还是跟着他种瓜。

还想种哈密瓜！不管别人同不同意,桂兰首先不愿意。这靠天吃饭的营生,风险太大了。家里开着店,做点生意,或者跟儿子一起干餐饮,啥都比这样一赔几百万强。斌子今年也49岁了,也不能太劳累了。种瓜可是耗人的很,一年种下来,人累得黑瘦黑瘦的,有福不享非要找苦吃,这老汉的脑子可是进水了吧。坚决不能继续种瓜了,这点桂兰决定一点不让步。可这个死老汉认死理,非要建成个啥哈密瓜基地。这哪是容易的事。可斌子说:"你现在不要跟我嚷,等到你的孙子的时候再看我行不行,我就是想要让我的孙子说,这是我爷爷种的瓜,这是我爷爷干下的事业。"

斌子就认定了要种,他出去考察了一番,说是村里跟哈密的种植条件一样,瓜的品质也应该差不多,一定要成规模才能有优势,才能吸引客商。斌子给桂兰说想把这里建成哈密瓜之乡,让乡亲们挣钱致富。"明年我还要种瓜,还要扩大面积,打出个品牌来,打造个产业基地。我要给乡亲们找一条致富的路子,这是我的理想,明年我还要继续种哈密瓜,你就不要拦着我,好婆娘就不要挡着男人家的事。"

顾不上听桂兰的唠叨,气呼呼的斌子要开车到县上去。他报名参加了县上的种植培训班,晚上就要去报到。天黑路滑,桂兰不想让他去:"天黑成个啥了,你还要开车走?"但咋样又能拦住他呢? 不支持他还能看着他受罪吗?站在寒风中,桂兰久久目送着汽车在暮色苍茫中越走越远。恨恨地说:"这个人就是犟得很,就是驴脾气,死犟,就是个犟驴。"

飘着云朵的金土地

"老金家又在城里买了学区房子,金家那个精明媳妇太日能了。"连队的婆姨们这两天凑到一起就爱谝这些。

"老金家今年双喜临门呢,人家大儿子考上北京的重点大学了,也不用咋操心,娃娃就考那么好,祖上烧高香了。"

"说啥呢,没听说嘛,教育学家说的,母亲决定孩子的未来,还是人家妈能干,龙生龙凤生凤。"

"就是,别说,这个外来的媳妇真是行。今年他家棉花大丰收吧,别人家棉花今年不挣钱,他家最少卖上百万吧。"

连队中心街的门面房前,婆姨们还在闲谝。金家这几年的日子是芝麻开花节节高,越来越兴旺,成了连队里的头一份。

连队的人都羡慕老金家,对他家这个能干的媳妇,人们只有夸的份。也有媳妇子暗暗地嫉妒她,天天在地里风吹日晒的,皮肤咋还那么水灵,到底是个南方人呀。男人们闲谝时,也会提起金家的事情。这个金家小子一棍子打不出个屁来,从小就不是个能说会道的人,你说咋地就找了这么漂亮的媳妇,漂亮就算了,还能干,干起活来那个狠劲,一般男人也比不上。能干也罢了,关键是人家还有主意,家里啥事情,她做的决定都正确。这老金家,是祖上烧了高香了,娶了这个懂天懂地懂经营的精明媳妇。

连队的人都传说,她家今年种的1700亩棉花,亩产达到407公斤,别人家才300多公斤。金家这个孬媳妇不懂土地,咋地能比别人亩产多出去100多公斤。一样的地,一样的种,凭啥她就能种出这个高产,难道是土地也挑人。

连里的人们说她懂天懂地,其实有点夸张。但有件事情却是大家都看到的。小金是连队的农机好手,又能吃苦,自小在团场长大,也是种地的行家呢。

一天,小金见天气晴朗,就早早准备去给棉花打药。媳妇不让他去,说要下雨呢。小金看了天,晴晴的,再说昨晚看了天气预报也没说有雨呀。媳妇说:"真要下呢。别去打药,浪费。"小金又看了看天,拿出手机查了一下天气预报。没说有雨。他放心地开着打药车就下地了。打了有大半车了,天边上真过来了一团云,突然下起雨来。小金傻眼了,一车药都快打完了,白白损失了好几千元。

从此他对媳妇服气得很。慢慢地,连队里的人们就传开了,说这个媳妇子会看天,居然能知道老天爷刮风下雨的事情。

而此时,金家这个人们口中的精明媳妇正带着小女儿在城里的舞蹈培训班上课。小女儿四岁了,她下决心要让娃跟城里娃一样受教育。她对老汉说,丫头要富养,啥叫富养,就是要培养素质,尤其是艺术才能。过两年娃就要上小学了,为了让娃娃在城里上小学,她决定在市里买个学区房。大儿子一直住校,没少吃苦,这小丫头不能再受这个罪。再穷不能穷教育,再苦不能苦孩子,今年刚卖的棉花钱,转手她就买了学区房。

卖了棉花,收拾完地里的活,他们一家三口搬到了团部的楼房。这是前几年,她挣了第一笔棉花钱后买的。团部生活方便,跟城里人生活是一样的。一到冬天他们就搬上来,过起了冬城夏村的日子。虽是初冬时节,她家中却花团锦簇。邻居说,这个利索媳妇养啥啥好,花养得好、娃养得好、棉花种得更好。金家这个媳妇在团里也是有名气的。说起她家今年的双喜临门,她圆润的脸上笑容更灿烂。这个正在给一盆开得紫艳艳的三角梅修剪枝条的俏媳妇，怎么看也不像个风吹日晒的种棉户。今年40出头的她看起来比实际年龄要年轻。

金家这个媳妇其实还真是个城里人。她是四川一个镇子上的城里人，在成都上的中专，学的是公关专业。到新疆工作后又上了大专的财会专业。结婚前还真没有种过地。没有接触过种地，咋会懂地呢。

还真说对了，土地就像爱人，你对她好，她不一定领情，但你对她不好，她肯定也对你不好。

20年前，金家媳妇在县城的邮政局工作，金家儿子在连队开拖拉机。两人相识然后结婚生子，日子就这样平平静静地过着。生了儿子后，她就想着回到连队种地，一是也好照顾儿子，二是听说国家政策好，种地有各种优惠，种粮种棉还有补贴。种地肯定能挣钱。但家里人总觉得女人家有个固定工作挺好的，公公原是队里的会计，婆婆也识文断字的，帮她带着娃，也不用她分心。家里人都不同意她辞职。日子又过了两三年，儿子已经6岁了。她还是想种地，她觉得脚踏在土地上心踏实。工作是聘用的，虽说干的时间也长了，但还是觉得没着没落的。想着娃要上学了，自己还是应该管娃。她没跟家里人商量就辞了工作回到连队。

辞了职回到连队，她是铁了心要种地。她相信人勤地

238

不懒，土地不欺人。没有地，就找人转包，她到处打听，流转了一些土地，但包地费用和种地费用，要好几万，家里哪有这么多钱呢。家里人说，算了吧，公婆都有退休工资，小金开农机挣钱养家没问题，她就在家带带孩子做做饭行了。她没听家里人的，跑去找连队的领导讲了自己的想法。连里领导看她决心大，加上那几年，好些人都不想种地，跑到外面谋生活，现在她从外面回来种地，是个好典型。指导员个人给她借了钱。借来3万元，她包了85亩地。一开始种了些麦子，一年辛苦下来，加上国家的补贴款，居然将借的钱都还清了。

连队在北沙窝边缘，适合种棉花，这里是产棉之乡，种植的长绒棉品质好，产量高。她看好棉花的行情，就想种棉花，她感觉到棉花是她的幸运花、致富花。小金笑她："人家的幸运花是什么玫瑰、牡丹的，你幸运花咋就是个棉花呢。"团场政策鼓励人们包地种地，她看到了致富的希望，坚定了种棉的决心。她认准了土地一定能给她回报，决定扩大种植面积，200亩地全种棉花。但这需要更多的资金。急需资金的她，在县城碰到了原来的同事，同事正好分到银行当信贷员。两人聊天的时候，同事说现在有个小额贷款项目，利息稍有点高，没人敢贷。说者无心，听者有意。琢磨了一晚上，第二天，她去找那个同事，递交了贷款申请资料。一周后,她就拿到了人生中的第一笔贷款5万元。这笔贷款就像一场及时雨,解了燃眉之急。用这笔贷款夫妻俩承包了200亩地,分别种了棉花和西红柿。

秋后一算账,乐了。不仅还了贷款和利息,还有了余钱。正好团部盖了商品房,拿着当年的收成,她就买下了一套房子。成了团场第一批搬进楼房的人。虽然房子不大,但那是她人生挣到的第一桶金,平房搬到了楼房,生活品质提高了。人们说她这个女人厉害,比男人都胆子大。从那以后,家里的事情都由她说了算了,她说啥,他绝对支持。看到爱人这么贴心,她当然高兴,她心里明白,只要一家人肯干,肯下苦,总有回报,她相信土地不会骗人。

也有好心人给说她贷款利息太高了,但她认为没有投入就发展不了生产,现在都是机械化种地,农机、农资、人工都要钱。没有鸡哪有蛋,贷款就是借鸡下蛋。

土地的回报是丰厚的,2011年她又包了地办起了家庭农场,2014年成为当地第一批使用机器采棉的棉农。

一样是种棉花,金家媳妇跟别人却有不一样的地方。其实她是个有心人,干啥事情,都爱多看多问。就是棉花品种的事情,她每年都要细细比较。她也是个敢于尝新的人,新品种别人不愿种,她就种。今年受天气影响,棉花亩产普遍低,但她家的产量比别人的要高。今年她引进了好的品种,种了新陆37号,亩产达到407公斤,一般人家亩产达到300公斤就不错了。可她还觉得今年田间管理上有漏洞,明年要改进一下还能增产,亩产500公斤没问题,要是田间管理再做好,还可能达到550公斤。提高土地的含金量,让土地变成金土地。

"不管市场价格波动,只要产量上去了,收入也不会降,种棉花稳当,还有国家的补贴好政策,只要不断提高亩产,就可以抵御市场风险。"给家里人做思想工作时,她说这话的神情就像是个经济学家。

"新时代的农民,可不是靠天吃饭了,咱是有文化的新农民,更多的是向管理要效益,向科技要效益。"比如人们说她懂天的事情。其实她知道自己不是能掐会算,那是因为她多看了好几个地方的天气预报,推测的。她一天里不同时段要看好几次天气预报,一天最少四次。种地是看天吃饭,一定要讲科学,了解透天气情况,她不是有仙术,而是比别人更细心,更上心。如今她家种地都是按规范的,什么时候需要浇水,浇多少,什么时间要施肥了,什么时间要打药,都是由她测算好的。

前年,她请了一个有种棉经验的雇工,一年给5万元的工资,由他帮助做田间管理。为了更好地调动雇工的积极性,今年她拿出300亩地的收入作为雇工的奖金。产量与收入挂钩,她将大学里学的管理学运用到了实际生产中。看样子效果很不错,雇工有经验,管理也上心。雇工就在棉花地边搭了个棚子住着,随时会把地里的情况汇报给她,她再到地里去看、分析、做出决断。

如今家里种地,都是由她做决策。

浇水也是有学问的,应该浇10个小时,就不能浇12个小时,就一点小细节就会影响收成。这样精细的操作,是她拿教训换来的。一年,种子供应商提供的专家指导他们给地蹲水,大量的水往里灌。她觉得不对,这是沙土地呀,大量的水进去后,吸水量要多大呀。她就没听专家的,自己研究了半天,规划了个办法。秋后,棉花收了一看,果然,按专家方法蹲水的那块地产量就是不行。看来,专家也不一定说得都对。从那以后,她就养成了自己研究的习惯。早上起来先到地里转一圈,晚上吃完饭再去转一圈,看看棉花长势,土壤墒情。没事就化验看下土质,这样心中有底。慢慢地就摸索出来了,种什么品种合适,如何田间管理棉花长得更好。有阵子铃蕾多了,是不是就要喷药了,有阵子土壤是不是缺钾了,是不是要上机耕了,都要做出正确判断,种地不能马虎,人哄地一时,地哄人一年,一点失误就会影响一年的收成。

　　大家叫她"三精"媳妇,她觉得自己一点也不精明,其实应该叫"三经"才对,从实践中总结出的管理经、科技经造就了致富经,让她家走上了致富路。

　　她充满信心,明年准备扩大棉花种植面积到2400亩,亩产要达到550公斤,再买些农机。现在都是用无人机喷药了,得买一个。还要买个棉花打包采摘机,就是那个"下蛋机",这样就不愁采棉花了,机器一过,棉花就打成了捆子,太方便了。

　　今年,她家产棉花400多吨。收购商到地头来直接收一公斤五元钱收购。虽然棉花价格低了点,但产量不错,加上国家的棉花补贴,今年还是挣了钱。算完账,她不由得笑出了声。

　　买了学区房,下一步就要好好装修,要装得有文化艺术品位,还要给小女儿找学钢琴的地方。"要让娃像城里娃一样有艺术素质。"她暗暗下决心。虽然是秋天,她却仿佛看到六月的风轻轻拂过绿草,阳光在草叶上闪着金色的光斑。棉花开出五彩的花,很快又会结上青青的棉蕾,秋风一吹,棉蕾吐出洁白的絮,白云般的棉海将又是一个丰收年。

　　季节是从春天开出的一列车,出发时不知道秋天会怎样,但到了秋天就一定会有收获。在她欢快的心里,棉田一年四季都在唱着欢乐的歌。这是一片金色的土地,只要勤劳,就一定会有好收成。期待着明年的丰收,她决定明年还要扩大种棉面积,让这片金土地开满天上云朵般洁白的棉花。

神奇的标哥

标哥是我采访过的援疆干部中级别最高的。标哥不善言辞,采访前就有人告诉我,采访可能会有困难。采访时是真的很难,标哥和几个援友坐在一起喝茶,他不停地给大家斟茶。几巡茶下来,标哥没有说两句话。倒是援友们你一嘴我一句地说了不少。喝了几杯茶后,我也跟着大家一起叫起了"标哥"。

标哥高高的个子,黑黑的皮肤,嘴角总是抿着,眼睛却清亮很有神。近50岁的人眼睛如此清亮,我见过的不多。印象中福建人都白白净净显年轻。标哥却像个长期在田野里劳作的农民。

一问果然如此。标哥的经历很丰富,生命中注定是一页页浓墨重彩的篇章。

"苟利国家生死以,岂因祸福避趋之",说这个话的是标哥的同乡林则徐。他们一样抱着这样的信念踏上了漫漫西行之路。而在援疆之前标哥曾援藏,还在"红旗跨过汀江,直下龙岩上杭"的革命老区长汀当了三年多的第一书记。

六年半前,他从东海之滨飞越万里关山来到天山脚下。时光匆匆,转眼三年多过去了。当其他援疆干部期满陆续回乡时,标哥却选择留任。再留一任,到时就50出头了,对个人的前途发展未必有利呀。为什么呢?

看着援疆干部活动室墙上"做忠诚、干净、担当的援疆干部"这几个字,标哥用浓浓的福建口音回答了我的疑问:"援疆是国家战略、长期的任务,要有滴水穿石的精神,要久久为功。一任接着一任干,功成不必在我,功成必定有我。对共产党员而言选择是很容易的,家国天下,舍小家是为了顾大家。要有着家国天下的情怀呢!"

我没有想到,他不说话则已,一说就是掷地有声的重分量话语。我赶紧掏出小本本记下来。标哥笑说着,这些话不用记呀,就在心里的呀。

在指挥部主管后勤,他说自己就是援疆干部的"勤务兵",他就是要照顾好这些弟弟妹妹的生活,从吃到住,他事事操心。援友们就是一家人,他年龄大,就是这个家里的长子,理应有大哥风范。援友说,这个标哥不是白叫的。一日标哥,终身标哥。这个哥我们是认下了。

援疆六年半,标哥肯定是做了不少工作,我在采访中挤牙膏一样,挤出了这些先进材料写成了报告文学。标哥看完后不好意思地说,我哪有那么好,其实也没有干什么事。

标哥爱下围棋,他把自己比喻成一枚棋子,在援疆这盘棋中自己要做一枚活子,一枚有用的棋子。采访标哥时他还在援疆干部人才公寓楼建设工地上。虽然他们就要结束援疆任务了,为改善下一批援疆干部人才的住房条件,他经常泡在工地上。每次休假回家,也都是匆匆和亲人见一面,其余时间都耗在招商引资上了。

一天120个电话短信。这是标哥创下的工作纪录。那是标哥在福建省委领导来疆视察期间,创下的纪录。他每天睡觉不超过6个小时,最多的一天接过120多个电话和短信。能吃苦是标哥的特点,关键时刻,冲得上去,顶得住。

作为福建省第一批的驻村第一书记。标哥在革命老区贫困村梅迳村带领当地百姓脱贫致富拔穷根。在精准脱贫方面积累了较丰富的工作经验。他认为在脱贫路上第一块"拦路石"就是"等靠要"的思想。

标哥在木垒县联系了贫困户托合塔森。托合塔森家是村里唯一的建档立卡贫困户,后来又与他结成了亲戚。

托合塔森是一个懒汉，虽是壮年，却不爱劳动。扶贫不扶懒。标哥想一定要让这个懒汉动起来。经协调，托合塔森到村里的食品厂上班了，一个月有2200元的工资。今年，托合塔森又养了15头奶牛，前段时间卖了4头，有了4万元收入。标哥欣慰地说，看来这个贫困户很快要真正脱贫了。

在援疆干部的表述中，标哥的招牌表情是"腼腆地一笑"，标哥的口头禅是"神奇的新疆"。从东南到西北，天气环境要克服的困难很多，大家不适应，标哥就安慰并鼓励大家要"入乡随俗"、保持"平常心"。他经常说："神奇的新疆。""跟着他一起打台球，打扑克，说笑话，一些看似平常的事情，经他一讲，就觉得新疆真的很神奇。"援友说。他经手的事大都顺遂（办成），所以大家就叫他"神奇的标哥"。

标哥，平时没架子还很诙谐幽默，和大家一起打打台球，下下围棋。在不知不觉间给大家带来自信与快乐。我在另一次采访时，无意中听到有援友说标哥宿舍有个音响，休息的时候，标哥喜欢打开蓝牙唱歌，他一唱歌，援友们就头疼。这个内向腼腆的标哥，唱起歌来很投入，也很大声。走在楼下，远远就听到他在唱歌。"他喜欢唱的歌都很老。"援友笑着抱怨说。

　　援友林家小妹刚进疆时咳嗽了好长时间,厉害时五六分钟就会咳一阵。标哥给她一瓶当地产的白酒让她喝,说是能治咳嗽。说也奇,喝了白酒,林家小妹的咳嗽居然真的好了。标哥这个"后勤部长"对大家的关心渗透在生活的点点滴滴中。在大家报到那天,他早早到了福建西湖宾馆,给每个援友的每件行李贴好专门订制的标签。

　　标哥在外任职将近10年。当年离家驻村时女儿才上小学三年级,10年过去了,女儿如今已考上了大学。女儿很争气,早早入了党。"那个小丫头咋一下子就长成大人了呢?"他用很浓的福建口音说着,他很遗憾自己错过了女儿的成长,这个小棉袄转眼就长大了,可惜自己在孩子的成长中缺失了。"哪里能事事都顺遂呢,也算是舍小家为大家吧,这也是女儿为国家做出的贡献吧。"

　　憨厚的标哥,真的不是个好的采访对象,采访真的是难。采访了多次,只有一次看到了标哥爽朗地大笑,那次他自豪地说,不到新疆,不知道祖国之大,不到昌吉,不知新疆之美。6年里,他走遍了昌吉的每个县市,尤其是最偏远的木垒县。他说自己比一些当地人都熟悉那里的沟沟坎坎。

　　青山一道,明月千里。六年半的时间,无论想或不想,这份情就在这里,不增不减。这份情是乡情更是一个共产党员的爱国之情、爱民之情。

不是每一朵花都盛开在雪山之上，雪莲做到了，不是每一棵树都能屹立在大漠戈壁，胡杨做到了，不是每一个人都有梦想和远方，援疆人做到了。不是每个援疆干部都能留任，标哥做到了。援友们用这样的排比句调侃他，他很认真地接受了。他当然自豪。

时光如白驹过隙，六年半时间离家去乡，对一个中年人而言如在风中守候，需要意志、需要牺牲、需要忍耐寂寞和荒凉。

年底，这批援疆干部到任要回福建了，作为两任援疆干部，标哥的援疆任务完成了。雪花飘飞之时，我们倾力一年时间采写编辑的《山与海的交响》一书由厦门大学出版社正式出版了。召开首发仪式那天，标哥和援疆指挥部的主要领导都来了。我是工作人员，在会场后面站着。仪式结束后，标哥专门绕到会场后面来，走到我面前，跟我握了握手。他宽大的手掌很大也很温暖。那标志性的腼腆一笑后说："你写得很好，一直没机会对你说谢谢。要走了，专门对你说声谢谢。"秘书催促，标哥急匆匆地走了。

我是第一次跟标哥握手，我没有想到他的握手那样有力度。我后悔没有多侧面、多角度地了解他，那样我会写得更好。

万里情牵

我相信，这世间必有一种情意，踏着幽幽暗香而来。

"爸爸，你看天上的云。"祖拜迪汗稚嫩的声音打破了寂寞的山谷。

秋日的木垒沈家沟，天蓝云白。温暖的秋阳撒满了这座古村的山山坳坳。凉风、绿草、野花、闲散的牛羊，远处的犬吠，空气里弥漫着野草和泥土的味道。今年秋雨丰沛，正享受秋阳的百年老榆的干枯叶子还有绿色，几个土果子还招摇在枝头。国庆节放假回家的穆斯丽曼和祖拜迪汗跟万里之外在武夷山上的爸爸视频。

从新疆回到福建已经快一年了，在新疆的两个女儿经常会发来视频，或跟他视频聊天。两个小姑娘已经渐渐有了少女的模样。

孩子们很想念爸爸，电话里跟爸爸抢着说话，你给爸爸唱两句，我给爸爸跳一段。

星哥的朋友圈，经常发的是武夷山表妹家茶园的美丽风光，还有外甥女很中国风的泡茶照片。但只要新疆的两个女儿一跟他视频，他当天的朋友圈肯定是两个女儿的视频截图。星哥宠女儿大家都知道。

星哥是福建援疆干部，他的家乡在五夫。星哥很自豪，跟我不多的几次接触中，他经常在话语中提到朱夫子朱熹，五夫是理学大家朱夫子的家乡，人杰地灵之地。

回到福建后，星哥回老家和家人们团聚、上山采茶，朋友圈里全是一派清欢景象。星哥也是我的采访对象。他守时，注重形象，一看就是一个讲究人。说话温文尔雅，有条有理，声音不高听起来很舒服。初次见面就给我留下了好印象。

星哥援疆后跟着同事到木垒县沈家沟、水磨沟出差，就在那次，在同事的建议下，他认下了两个干女儿。这个故事就是从那时开始的。

采访星哥后，我一直关注着他的朋友圈，偶尔会对他的两个女儿交流上两句。星哥回福建后，我以为他们之间的联系会减少，结果出乎我的意料，这父女三个经常视频，比亲生父女还要频繁。这又让我对星哥更加敬佩。

2019年6月的天山深处沈家沟,一样天蓝云白,风景如画。清凉的空气中,白云如放牧的羊群在天空游走,大地母亲赐予下的绿色在初夏的风中日渐浓郁。芨芨草、马莲花、荨麻、苜蓿这些新疆大地上最寻常也最坚韧的植物在风中生长茂盛。已经到端午节了,山里还是山花烂漫一派春天的景象。是呀,天上的云散了又聚,聚了又散,就像地上的人一样。这是金庸小说里的一句话。3年前的他如何会想到此时此刻,会和这个不同民族的小女儿在离家4200公里的天山一起看云,一起采花。祖拜迪汗嘟起小嘴巴吹起蒲公英,种子随着风儿飘向远方。

穆斯丽曼是星哥去的那家的大女儿,祖拜迪汗是穆斯丽曼的表妹。自从别人一句玩笑话认下了这两个女儿,像所有的爸爸一样,星哥对两个女儿极宠。最疼爱的唯一的儿子,如今被排在这两个小姑娘的后面。没有见过两个女儿的星嫂也一样偏心女儿。她给父女三人买了亲子装从福建寄来,星哥专程给两个女儿送去,三人穿上照了一张照片。

泡了一盏武夷山的大红袍,呷了一口。星哥说:"这是我援疆的意外收获。穆斯丽曼第一次叫我爸爸,那声爸爸把我的心都甜化了。"

穆斯丽曼认了爸爸,跟她一起在县城上学的表妹祖拜迪汗也要认他做爸爸。就连穆斯丽曼的小妹妹买斯杜拉也跟着姐姐一起叫"爸爸"。

星哥极有女儿缘，他还凭空得来一个侄女阿西古丽，奇台小姑娘阿西古丽患有贫血，母亲早去世了，父亲也有病。星哥经常驱车去看望慰问，每次给钱又给东西。

木垒有一片胡杨林，伫立在戈壁之中，任凭烈日曝晒，风沙肆虐，千年来胡杨站成了一道永恒的风景，这些英雄树孤独地承接荒漠的风剑刀霜，用无悔的守望，执着地生长。星哥当了19年兵，他告诉我，自己从小就有一种家国情怀，当任务来时，冲上去是一种本能的反应。

因为这段父女缘分，我结识了星哥。这个刚毅又非常温柔的中年男人，真的是很有女人缘。我看过星嫂的照片，个高貌美大长腿，这么漂亮的女人，一定是被星哥的温柔所打动的。

人生如天上的云，聚了又散，散了又聚，人生离合，亦复如斯！时间流逝，万里之遥，并不能隔断他们的父女亲情。

版面紧张，写星哥的文章一直没有刊登。我很抱歉地给星哥发微信。星哥说没关系。

一年过去了，我想写下这些文字，记录这段万里情牵的缘分。

千万阙唱罢

　　自歌自舞自开怀,无拘无束无碍。戏迷的舞台,演绎的是人生最质朴的一面。不识字,却满肚子的戏文,种了一辈子地,却是个地道的戏痴,结缘新疆曲子80年,89岁的农民张芳一生痴迷于戏,学戏、唱戏、教戏,他是新疆曲子的传唱者,将新疆曲子传承下去是他的愿望。穿过人生的风风雨雨,新疆曲子已经与他融为一体,渗入到他的心灵。我为戏狂,戏为我生,戏如人生,人生如戏。老人坐在自家的小院里,千万阙阳关唱罢,唱不尽的沧海桑田,说不尽的云淡风轻。

　　秋阳暖照,白杨叶黄,一条铺满落叶的小路通往玛纳斯县包家店镇塔西河村。路边的一座干净而宽敞的农家小院里,几棵苹果树叶子经霜后愈发红了。葡萄落架了，老夫妻两个收完了最后几个苹果，坐在门前的小沙发上晒太阳。小花狗在院子里一会儿叫两声，一会儿打个滚。老汉一抬手，唱起了："玛内（纳）斯嘛当嘟嘟哟，凤凰城嘛当嘟嘟哟……"头发花白的老伴听到老汉唱，笑起来，指着老汉说："这个勺老汉又唱哩。"一唱一笑间，岁月如水般流过。

这个小院平时很安静，但到冬闲时间，来学戏、排戏的人手一挥弦一弹，你唱、我弹，你教、我学，好不热闹。张芳夫妇在塔西河村生活了大半辈子，张芳老人是当地小有名气的艺人。虽然他不识一个字，也不认一个谱，但十几出整本的大戏和上百个新疆曲子的小戏段子都在他的脑子里。

张芳腰弯了，唱起戏来气也不足了。可清秀的脸庞，俊朗的眉目依稀还能看出他曾是名噪一方的名旦。老伴比他小10岁，几年前因为儿子出车祸受了刺激，得了痴呆症。如今，在本地的二儿子一家照顾着两位老人的生活。

年纪大了，眼前的事记不住，但过去的事情却总是历历在目，老人经常提起民国年间的事。

张芳原是昌吉佃坝人，父亲给他起名叫张刚，后来学了戏，因为唱的是旦角，他自己就改名叫张芳。

他在家中排行老三。4岁时父母双亡了，在沙湾安集

256

海的叔叔把他接去抚养。他就在安集海长大成人了。上世纪40年代，当局修公路，修到了安集海一带。修路的工人们经常晚上在院子里唱戏。9岁的张芳一听到小曲子，他就被迷住了，天天跑到修路人住的院子里跟着听。那些人最爱唱《打马仲英》和《磨豆腐》。听着听着，他也跟着学唱起来。后来，常有四处走唱的艺人到这里卖艺，其中不乏迪化的名角唱家子，张芳看百家戏，学百家艺，居然学出了名堂。听小曲子，他有过目不忘、过耳就会的天分。

　　家有儿子的要抽丁，叔叔怕他被抓。就把他送到了乐土驿的一个工地上逃丁。这里有一群喜欢唱新疆曲子的人，在劳作之余，人们聚在一起唱。张芳也加入他们中间。晚上点上一个灯油捻子，大伙能唱一宿。乐土驿又叫骆驼驿，是南来北往的必经之地，骆驼客们唱起小调那可是一套套的。世事动荡，许多唱家子逃难路经这里，像著名的艺人大哨头、小哨头，还有迪化一名瞎女人，每年冬天都在玛纳斯、沙湾、阿勒泰一带演出，张芳场场一路追着看，偷了不少艺。张芳如海绵吸水，这一时期学了许多戏。16岁的张芳正式搭班唱戏，因为长相俊秀，他就唱旦角，演黄桂英、张美云。那时也有的戏班子里有女人唱旦角，但张芳的男扮旦角却很受欢迎。

　　班子里有一个弹弦子的叫黄振员，是个唱家子。弹得一手好弦子,他有一个绝活:弦子断了音不断。正弹着弦断了,他一手接弦,一手弹,音不断就接上了弦。这个技艺,现在是没有人会了。黄振员是乐土驿的人,他知道许多戏曲故事和常识,他教了张芳不少,像为什么有的花旦有翎子;还有《卖水》里小丫鬟为啥要抖帕子。

拉四胡的王老头是乐队的好手,张芳跟他也学了不少东西。张芳前几年还到他们的村子去找过,但已经没有人知道他们了。不知这些人还在不在世呢,想起这些老友,张芳有些怅然,世上万般好事,还是活着最好。

自逃壮丁跑到乐土驿,张芳就开始了一路揽工、一路唱戏的跑江湖生涯。跟着驼队最远到了哈密一带。"哪里来的骆驼队,哎呀里梅",这首拉骆驼的人常唱的曲子,他就是那时学会的。80多岁了,许多事情已经不记得了,这个曲子的词却一点也没有忘记。如今一些年轻人也唱这个曲子,词却不对,他纠正了多次,也不管用,说是有大歌星就是这样唱的。乡间小曲子还有大歌星唱,他不信,但也挺高兴。

23岁的张芳,流浪到了塔西河。他在姓赵的人家打短工,赵家当家的是个寡妇,带着几个孩子艰苦过生活。这个女主人也是个爱唱的。时常干活的时候小声哼哼唱着。张芳也不自觉得跟着唱起来。到底是练家子,一开口就不一样。自此主人家对他的态度就不一样了,条件就是:吃了晚饭闲了要给家里人唱一段。从春到秋又到冬,自此他就没离开过这个家,女人将自己15岁的女儿许给了他。从此,张芳成了家就在当地扎了根。结婚时最小的小舅子当时才3岁,张芳挑起了养家的重担,两年后,小两口才正式成亲。从此夫妻两个风雨同舟携手走过了60多年的岁月。忙于务农的张芳很少唱戏了,只在干农活时哼两句。

盛夏的夜晚,繁星点点,干了一天的活,张芳躺在房顶上铺张席子带着娃们纳凉,说一段故事,说着说着不由得开腔唱起了《小放牛》,唱着唱着声音大起来,邻居们也出来听。张芳连忙停下,那时候唱这种戏是要被批斗的。冬天在家里的热炕上给孩子们唱几句,心里也是美滋滋的。生活的压力和当时的环境让张芳远离了新疆曲子。

后来,村里又鼓励开展乡村文化,村上领导找到他,想让他在村里带头组织起唱戏班子。但当时乐器、戏服啥也没有,只有八九个爱唱的人凑到一起。张芳到处打听,后来在大队的仓库箱子里找出一个烂披肩,后来又在一家找到一件小外衣。听说乐土驿一个五保户家有戏服,他就专门跑去找,脏兮兮的桌布,仔细一看是一件破旧的戏袍,钻到桌子底下,看到卷成一团的破布,拿出来细细一看,是一条裙子和三顶帽子。五保户不让他拿走，没办法，找到村领导写了个条子，才把这些东西借了出来。后来他买了布，照着找到的戏服做了五六个角色的新戏服。小戏班子开张了，很快唱红了，不仅在本地演，还到乐土驿、石河子、呼图壁去演。刚开始的时候，观众就是一些老年人，慢慢也有年轻人喜欢新疆曲子了。这时张芳年纪也大了，不唱戏了，就在乐队里弹弹弦子敲敲木鱼。老伴也在戏班里帮着化妆、搬箱，还在《杀狗劝妻》这样的戏里串个角。一到冬闲时间，这边请那边叫的，戏班子真是红火了好一阵子。他们唱一场是200元，除掉车钱化妆品等开销外，每人也就是得10元钱。票友们纯粹是为了图个热闹，就是为了唱得高兴。张芳记得有一次到长胜村去唱戏，唱完了请吃午饭，吃完饭观众还不让走，又拉着唱，唱到了晚上，那一天唱了两场12个戏，听戏的人听美了，唱戏的人也唱美了。那时候主家管饭，不是拉条子就是大米饭炒肉，虽然是民间艺人，可到处享受的都是明星的待遇，观众们像明星一样捧着他们。

镇上成立了戏曲协会，请张芳当指导。县上还专门来人到他家采风，村上的戏迷们常到他家排练。张芳开始带徒弟教学生。他教了不少嗓子亮扮相好的学生。张芳教学生有条件，一是霸角不让戏的不教，二是学会了不教人的不教。一个旦角也就是唱个六七年,曲子需要一代一代往下传,不往下传,私藏技艺的人,他不教。他教过几个好苗子,这两年,她们却不能专心唱戏了,一个卖馍馍去了,一个到昌吉打工去了。张芳发现村里有一个小媳妇嗓子亮,觉得是个好苗子,他向协会的人推荐,说一定要培养她。他年纪越来越大了,许多事情都记不清说不明了,但那一肚子的戏还是要传下去。

除了一个儿子出车祸不在了,张芳的3个儿子都有出息而且还孝顺。一个孙女在南方上大学,另一个在深圳工作,她们经常给老人打电话问候。逢年过节,在昌吉的妹妹家、在沙湾的堂兄弟家的后辈们都会来看望他们。说起这些,张芳一脸的幸福。没想到呀,一个孤儿,活了一辈子,却是有滋有味,知足呀。老人坐在院子里晒着太阳常常生出这样的感慨。

村子里,戏曲大院已经办起来了,村文化室也常有人跳舞、唱戏。村里的大人小孩都开始喜欢小曲子。

琴声幽幽,唱腔婉转,宁静的小村浸润得诗意迷离。《采花》《探梅》《十杯酒》,唱的弹的,又一场人生开始上演了……

且听着曲子婉转悠扬,锣鼓一敲,我已非我,戏与人生分不清,花散尽凤还巢,且看漫天彩云收。

冬不拉奏鸣曲

骏马与歌声是哈萨克族的两个翅膀。哈萨克族是一个热爱音乐的民族，马背上的牧人们离不开冬不拉。弹起心爱的冬不拉，草原上淙淙的泉流、清脆的鸟鸣、欢腾的羊群、奔驰的骏马和心中的情感就在琴弦上歌唱，心中的歌如同一首奏鸣曲在天地间回响。

舒缓的慢板

初冬的木垒县大南沟乌孜别克族乡阿克喀巴克村，阳光不燥，微风正好。翻过的土地冒着土腥味，地面上氤氲出一层白白的薄气。微风从村子的上空和村边的树尖上轻轻拂过。在这乡村和煦的风中，冬不拉悠扬的琴声，舒缓地穿过戈壁，飘向村庄，飘向远处的雪山。叶尔肯盘腿坐在村外的戈壁滩上弹起他心爱的冬不拉,身后是村庄和静静听着歌声的牧羊人、浅褐色的云朵一样的羊群。他唱起自己喜爱的歌:夜空风静挂着圆月,阿吾勒一边深山谷。你说过等我在山梁,我们相逢小路旁。

叶尔肯没有顾上换掉灰蓝色的旧工装,就开始给这个新做成的冬不拉试音。不错,共鸣好、音色好,听起来像吉他一样有丰富的表现力。他满意地又弹了一首《可爱的一朵玫瑰花》。手中的冬不拉是他的专利产品,双头双颈,外形像个倒放的桃子,又像是一片椭圆形的树叶,绘上漂亮的羊角图案。真是一把好琴!

今年53岁的叶尔肯,是村里"叶尔肯哈萨克传统乐器制作技能大师工作室"的主人。2018年在驻村工作队和村"两委"的帮助下,他成立了这个工作室,专门制作冬不拉等多种哈萨克族传统乐器。

传统的冬不拉有阿拜冬不拉和江布尔冬不拉,都是以著名诗人的名字命名的。叶尔肯自豪的是自己研发的冬不拉在2010年获得了由国家知识产权局颁发的实用新型专利证书,成了除了前两种冬不拉以外的第三种冬不拉。除了形状的不同,这种冬不拉最大的优点是有两个琴杆,一个琴杆上装有两根弦,另一个琴杆有四根弦,这六根弦共用一个共鸣音箱。比传统的增加了四根弦,相应的品位也增加了,音乐的表现力就更加丰富了。用这种冬不拉弹奏,音色既有冬不拉的特点又有吉他的特点。弹奏出的乐声清脆纯净,音域跨度大大增加。在继承的基础上,得以将冬不拉制作技艺创新发展,叶尔肯对此很自豪。弹奏起心爱的双头双颈六弦冬不拉时,他的快乐洋溢在脸上。

叶尔肯制作冬不拉已经35年了,时间就像骏马飞驰过草原一样快,当年的那个少年如今已经年过半百。在冬不拉的琴声中,他从一个牧羊人成为一个木匠又成为如今传承民族乐器制作工艺的工匠。35年的时光让他制作冬不拉的手法越来越娴熟。制作一把冬不拉要经过挑选木头、切割掏腔、弯曲压模、开水定型、避光晾晒、拼接胶装、打磨上漆、盖板装饰、上弦调音等19道工序,要有足够的耐心和精湛的技艺才能让冬不拉唱出最动听的乐曲。想要做好冬不拉,木材是关键。木头要选硬木,木头越硬,做成的腔体越薄,弹出的声音就越清脆。他喜欢采用杏树和榆树做。为防止木材出现裂纹,木料不能在太阳下晒,只能在房子里阴干。锯琴身掏腔,接着对琴身和琴面进行加工打磨,把琴身和琴面用胶水固定在一起;刨出琴杆,打磨光滑后把琴杆与琴身拼接在一起;绘制图案后上漆,要先漆一遍底漆然后用砂纸打磨,再上一遍清漆。这19道工序,他都在工作室里完成,尤其是琴弦的定位和调音,是一件非常需要耐心的事情。最难的是安装琴弦这一步,需要在琴杆上绑上绳子,一点一点弹,一毫米一毫米地调整,选声音最好的地方。以前琴弦都是选用羊肠子,制作羊肠子是一件既脏又费时的事情,现在好了,改用成品的琴弦,方便多了。

制成一把冬不拉,工作室里充满木屑的味道,叶尔肯黝黑的脸上浮现满足的笑容。

试琴,他却喜欢在村外广阔的原野里。当手指翻飞在紧绷的琴弦上时,动听的旋律随之流出,琴音清澈透亮,仿佛在讲述着天地间万物的情感,传承着千年的记忆。

如歌的行板

木垒县博物馆里展示着几把冬不拉,每当看到来参观的人都会驻足在这几把冬不拉前,叶尔肯就很骄傲。这是1993年的夏天,县博物馆向叶尔肯定做的。

说起与冬不拉的结缘,还要从35年前说起。

叶尔肯是山上的牧民,1984年,他从水磨河中学毕业。毕业后就跟着堂哥托合西开始学习做木工。

1986年夏天的一个黄昏,少年的叶尔肯正在做木工活。来了一位70多岁的哈萨克族老爷爷,他拿着一把断了弦的冬不拉，让叶尔肯帮助换弦。弦换好了，叶尔肯请求老人弹一曲。听着老人弹奏出动听的旋律，少年的他突然对冬不拉产生了浓厚的兴趣。

"你知道哈萨克族人的家里为什么都会在显眼的位置挂上一把冬不拉吗？"老人问少年。少年正思索着，老人说："因为冬不拉是哈萨克族文化的记忆和传承。"老人的这句话直击少年叶尔肯的心："我应该将这种文化传承下去，我要学习制作冬不拉。"少年叶尔肯突然就对自己的人生做出了决定。老爷爷看他对冬不拉爱不释手，说："这个冬不拉送给你了。"从此以后，他一有时间，开始研究冬不拉，摸索着、模仿着做。刚开始，他一次次失败一次次重做。堂哥看他对冬不拉痴迷，鼓励他："反正木匠不缺木头，你就多试试。"经过两年的努力，他制作的第一把冬不拉成功销售了出去。慢慢地，他的制作技艺越来越娴熟，从开始一个月做一两把，到成为一个专业的冬不拉制作工匠，他的生活因为冬不拉发生了很大的变化，首先是经济上宽裕了，再一个是精神生活丰富了。弹起冬不拉，不仅自己快乐，连周围的人也都跟着快乐起来。叶尔肯成了很受大家欢迎的人，弹起冬不拉，大家高高兴兴地围坐在一起，兴起时大伙还会跳上一段。

1987年，叶尔肯和美丽的姑娘帕提扎提结婚了。结婚后的他们一家搬到了菜籽沟村居住,种地、养牛、养羊、做木工挣钱养家。那时订做冬不拉的人并不多,好几年,他都没有做冬不拉,只做一些桌子或农具,但传承制作冬不拉的火苗依然在他的心里燃烧着。

1993年夏天,县博物馆的那份订单,再一次点燃了他制作冬不拉的热情。从此他专注于制作和研发冬不拉,终于他研制出了专利产品——双头双颈冬不拉。这一创新技术,将冬不拉的制作推向了一个新的高度,也让叶尔肯的人生迎来了新的高峰。

幸福的变奏

幸福是什么,每个人都有不同的理解与回答。对叶尔肯来说,坐在炕头上,妻子绣着胡杨绣,自己弹着冬不拉,这就是幸福的样子。

在叶尔肯的鼓励下,妻子在县城农贸市场经营一家刺绣店。两口子每月都有5000多元的收入。如今两个女儿一个在南昌航空大学读法律,一个在内地上高中。叶尔肯用制作冬不拉的钱给了她们良好的教育条件,又用冬不拉的琴声给了她们精神上的滋养。说起家里的好日子,叶尔肯觉得就是用冬不拉弹唱上一天一夜也说不完。

2000年,为了让两个女儿到县城上学,叶尔肯一家搬到了县城,他做冬不拉,妻子刺绣,一住就是16年。

2015年政府启动了棚户区改造工程,他的房子和作坊都被征购了,叶尔肯一家搬进了楼房。但是楼房不能从事制作冬不拉,得找个适合制作冬不拉的工作室成了当务之急。

阿克喀巴克村里的亲戚们给他讲了村里的变化,回村创业的念头在他心里清晰了起来。对呀,阿克喀巴克村离县城又不远,才13公里,坐乡村公交才5块钱,那里有亲戚朋友,而且村里没有木匠,还可以发挥自己的一技之长。叶尔肯再也坐不住了,跟妻子商量,懂他的老伴说:"以前是没有条件,孩子们要上学,现在两个孩子也不用操心了,你就大胆地去试试吧。"得到妻子的支持后,叶尔肯搬回了村里,继续他的冬不拉事业。

2017年春天,叶尔肯一家搬到了阿克喀巴克村5片区,驻村工作队长和村干部第一时间就来到他家,询问他需要什么帮助? 他就说想继续做冬不拉,想带一批热爱少数民族传统乐器的年轻人,想把这个手艺传承下去。队长又详细问了问制作冬不拉的流程,他就从选木头、切割掏腔、弯曲压模、开水定型、避光晾晒、拼接胶装、打磨上漆、盖板装饰、上弦调音等19道工序一一介绍,队长听得认认真真,叶尔肯很高兴有这么一个愿意了解制作哈萨克族传统乐器的倾听者。工作队长说："叶尔肯你好好干,其他的我们来帮助你。"于是他家开始热闹起来了。工作队请来施工队给他装修了一间传统乐器和荣誉的展厅,又给他家房子安装了地砖,改造了庭院。他们积极争取州、县的各类政策资金支持,2018年,昌吉州人才工作领导小组以他名字命名了工作室,工作队从木垒县人社局给他申请了5万元的帮扶资金,他又自筹了些资金建起了工作室,购置了新的制作设备。

叶尔肯还收了5个徒弟,工作队和村"两委"也积极帮助他宣传和推销冬不拉,现在他每个月都有近20把冬不拉的订单。4年来,他销售冬不拉的收入就有10万多元。制作完冬不拉,余下的时间,叶尔肯就到村里的活动室去和村民们一起娱乐,弹起冬不拉唱唱歌,跳跳舞。

第三次中央新疆工作座谈会召开后,工作队队长第一时间拿上报纸到他家宣讲,队长第一句就是:"叶尔肯,你的春天来了。"当听到要大力开展文化润疆工程后,叶尔肯幸福地笑了。是啊,大力发展中华民族传统文化、传承传统文化,自己从事的正是有意义的事呀。"国家会大力扶持,今后我还要继续扩大工作室,不遗余力传授冬不拉等传统乐器的制作技术,让更多的人与我一起分享幸福。"

幸福是奋斗出来的,叶尔肯相信只要自己努力,生活就一定越来越美好。

初冬的一天,州上的记者来给叶尔肯拍摄一部短视频。叶尔肯激动地穿上了过节才穿的衣服,洁白的衬衣上绣着蓝色的羊角图案,深蓝色的平绒大氅和帽子非常相配。在镜头前,他仿佛重回往日时光,回忆了自己这35年来与冬不拉的情缘,他幸福地笑了。记者走了后,他还是不能平复激动的心情,抱着心爱的冬不拉,他再次来到村外。想起采访时,自己几次把84年说成八年四,他不好意思地笑了。拨动琴弦,欢快的《黑走马》乐曲响起,激越的音符响彻云霄,这是幸福的变奏,这是生活的快板。一曲冬不拉的奏鸣曲是叶尔肯幸福生活的写照,也是哈萨克族群众快乐的心曲。

青衣

一

　　这年的夏天，黄黄的野花开得格外好。花开花落间，镇子还是依旧。居住在附近的人们一代代的依然日出而作，日落而息。这座据说是唐朝的大土墩子，乡亲们只听说是很珍贵的文物，但具体是啥，没有人知道。人们只关心地里的庄稼，很少有人去关心那个大土墩子。和村里的孩子一样，小琴放了学就在花丛里玩。未来对她而言似乎还很遥远，就像蓝天下的博格达峰一样。这个游走在野花丛中捉蚂蚱、追蝴蝶的小姑娘并不知道，她的命运在这个夏天将发生改变。

　　当她专注于那只飞舞的蝴蝶时，镇文化站的王阿姨正和妈妈说起戏校招生。妈妈

271

说学完了以后当演员，姑娘心中充满了向往。经过一路考试，小姑娘走进了戏校，当了一名学员。

梅花香自苦寒来，每个戏曲演员都是磨出来的。每天都要在练功房里一待就是几个小时。从没有练过功，下叉、踢腿、翻跟头、甩水袖一切都要从头开始。练腰功，一天下多少腰，数不清，只听得骨头咯吱响；练腿功大腿内侧那股筋要扯断了一样，疼得眼泪直流。想想家里交学费的不易，想着能够走上舞台，她一边在心里叫着妈妈一边流着眼泪继续练功。

有一回，一个女同学练功从12张桌子上下腰，把胳膊折断了，吓得她都不敢上去。

舞台上没有侥幸，要想能留下来，就要苦练功。花开花落，十年之间，小琴成了年轻的青衣演员。戏校毕业留在了剧团。夏天的黄昏，在社区给大爷大妈们演出，化好妆的她第一次登台了，虽然没有灯光，也不是正式的舞台，她却很享受这种表演的感觉。

人生如戏，戏如人生。台上一分钟，台下十年功。排戏是个磨炼的过程，古装戏的扮相、服饰都让她痴迷。在后台偷偷看着老师们勒头和贴片子的时候，让她感觉仿佛人一扮起来好像就穿越到了古代，演绎了一种别样的人生。未来会怎样，谁也无法预测，老师说岁月不居，天道酬勤。可如今看戏的人越来越少，尤其是年轻人更少了。剧团的效益也不太好，聪明的小琴为了补贴家用，学起了其他表演项目。她拜师学了变脸，还学了一些小魔术到酒店表演。经常在酒吧里表演，能唱会跳的小琴想自己开个文艺性的酒吧，可以表演戏曲，自己还可以上台唱唱戏，也不至于荒废了专业。酒吧开起来，生意也不是特别好，顾客对各种表演并不是多感兴趣，唱唱流行歌曲还好，唱戏不把你轰下台就不错了。酒吧的位置有点偏，客流量并不大，生意也就勉强维持着。看着没有顾客的酒吧，想象着锣鼓一响，自己水袖一甩在叫板中精彩亮相，年轻的她有点怅惘。

锣鼓声声里，聚散皆戏缘。这是个长得很漂亮的姑娘，看起来很乖巧。我跟她曾在一次晚会上同台演出过。后来又采访过她，对她印象较深。

天地生人，有一人应有一人之业。人生在世，生一日当尽一日之勤。我非常理解这个姑娘。爱一业选一业，必是想终于一业，但时事弄人，不是你想就可以的。时常看到某报纸停刊的消息，从事了近30年报业的我越发地理解她。她茫然看向窗外的眼神，也许就是我如今人到中年，不知何去何从的眼神吧。这种心情叫无奈。

二

戏比天大。在戏校老师就是这样教他们的。等了10年,小风终于等到了演女一号的机会。从16岁唱上青衣,她就在等这一天。在戏里,青衣就是女一号,但不是每个青衣都能演上女一号。小风就在剧团里跑了10年龙套。她的扮相、基本功、唱腔身段都好,就是没有机遇,她认为自己就是缺少一点运气,但她相信自己一定会等到好运的到来。

这一年,剧团排演新剧,经过挑选,她成了女一号的A角,这一天她等了10年。她全身心地投入到排练中,细细地揣摩人物心理,观察细节。不疯魔不成戏。她想将这平生第一个女一号演成功,机会终于等来,成名在此一举了。

经过半年多的打磨,终于到了首场公演的日子。

对别人而言,这是个平常的日子,对她来说却刻骨铭心永生难忘。当她唱完最后一句,剧场中掌声雷动,观众被剧中感人的情节和她细腻传神的表演感动了。在观众热烈的掌声中鞠躬谢幕的她却如虚脱了一般泪流满面。

戏里唱:愿天下无忧无虑无病痛。而此时,本应该也在台上表演的丈夫却在重症监护室里生死未卜。她顾不上卸妆,立刻开车赶到医院照顾丈夫。第二天电视台还要录像。她稳了稳心神,压下自己的焦虑的心情笑着走进病房,将首演成功的消息告诉了丈夫。

就在前几天,在对光排练现场。在剧中扮演男二号的丈夫突然腹痛。同事从剧场直接把他送去了医院。她当时正在台上走台,太过投入的她都没看到丈夫走出剧场大门。因为第二天要彩排,女一号的戏份太重,只能让自己的妹妹到医院去陪着。彩排当天,她唱到:"昂首闯过鬼门关"一句时,泪水一下涌出眼眶,几近哽咽唱不下去。

病床上的丈夫对她说,还要录像呢,你还不快回去准备。她又强忍着心中的焦虑和担忧赶到外地完成了演出录像。

精心准备半年,为了在舞台上将人物表现得淋漓尽致,她不知熬过多少个夜,这是自己投入感情最多的一部剧目。

她清楚当演员就是要唱好戏。学戏15年,她从一个农家小女孩成长为青衣女主角,一路走来吃了多少苦,只有她心里知道。

台上一分钟,台下十年功。考入戏校初学表演,她尝尽其中的酸甜苦辣。拳不离手,曲不离口,她常常在排练厅待到深夜,一遍遍揣摩人物。她主攻的是青衣,这是个最吃戏的行当,不疯狂不成魔,不成魔不成戏。外表文静的她内心有一股狠劲。

一周后,丈夫因病突然离世,留下了一岁多的孩子。她在医院里失声痛哭,抱着牙牙学语的孩子,那一时,她觉得天塌下来了。

一个月后,她还没有从悲痛中缓过神来,剧团就要进行巡演了。作为女主角,她是这部戏的灵魂,而且也没有合适的替代人选。剧团领导都不好意思给她做思想工作。这是近几年团里最重要的一场原创剧,没有她这个女一号还真是不行。

要巡演了,她的思想斗争很激烈。自己还没有从悲痛中走出来,孩子太小还没人管。但"戏比天大"的职业操守让她战胜了自己。

恢复排练的当天,同事们陆续走进排练厅时,看到她已经在练功了。就这样,重新站上舞台的她一年中巡演了50场。

一年多的时间,演出排练占满了她的时间,她将孩子送到了父母家里,让年迈的父母帮着带,也没有时间去看。实在想得不行了,就让父亲带来看一眼。别人以为她拼命地工作是为了能缓解伤痛,其实每一场演出对她都是深深的刺激。原来由丈夫演的角色虽然由他人代替了,只要演到那个角色,她就会想起丈夫,尤其是有一场他俩的对手戏。每当唱到这里,她心里总会起波澜。每当唱到"昂首闯过鬼门关时"这句时,她强忍住悲痛,春风化雨般笑着唱了出来。

作为未亡人,心里之苦是他人所不能体会的。面对一个个迎面而来的困难,她不断地告诉自己:"我是一个演员,我要把戏演好。"

从16岁,穿上这身戏衣时,她就决心用生命唱好戏。不管是专业大舞台,还是乡村的露天剧场,当观众们热烈的掌声响起,她就感到了自己存在的价值。

这是一个真实的事情,虽然比戏都精彩。这个姑娘是我的一个朋友介绍给我的。她俩是好姐妹,我们坐在剧场外的地上聊天。说着说着她哭了,我也哭了。她瘦小的身材,迷离温柔的眼睛越发显得楚楚动人。不疯魔不成戏,我打小也听过这句话,我的老师也教过我戏比天大。上台后,我已非我,我只是戏中之人。摄像机录制灯一亮,天塌了,都与你无关,你只有眼前的镜头。这个姑娘让我看到了自己年轻时的样子:执着敬业,不会放弃、不会回头。

三

她是我在工作队认识的小美女。她圆圆的脸,大眼睛闪闪烁烁,好像有许多星星在眼中闪烁。初次见她时,只见身材小巧玲珑，说起话来表情、动作都有些夸张。一打听，果然，她是个戏曲演员。

我们是兄弟工作队。熟络起来是因为一起排节目。有一次电视台要搞一个大型的朗诵会直播，我们是其中的一个节目。她特别热心，不仅找来了音乐，还帮忙买演出的服装，并且还提供了排练的场地。每天组织我们大家排练，还泡上茶给我们喝。演出人员是从各工作队抽调的，有的人根本就没有接触过这些，她是个专业演员，对表演很在行，实际上担当起了导演的职责。本来，选定的她是这个大方阵的领诵，但后来她推荐了我。我年纪大了，清楚自己形象不行，只想着在人群里凑个人数。结果她在几次排练中听到了我的声音，就给导演推荐了我。那阵子，工作队的管理很严格，听指挥是我们最基本的要求，考虑到集体的荣誉和节目的重要性，作为一名专业的朗诵者，我也不能再推辞。就这样，她把领诵的位置让给我了。

喜欢表演的人都知道，让天让地不让角儿。能让角色，那得是多大的气度呀。从这件事情上我就看出这是个大气的女娃。直播开始了，在广场上我站在表演方阵的前面，诵出第一句时，观众的掌声响起来了。我知道，我们的表演成功了。我看到鸽子和气球从我的头顶飞过，直播的大摇臂从我的脸前摇过。这一刻，我声音中的深情绝对是发自内心。

　　她叫我姐，其实我可以做她的阿姨。这个可爱的小姑娘，在工作队就是个活宝，只要她在，就有欢声笑语。她在社区组织了两个文艺队，她给大爷大妈们教歌教舞，还给他们教戏，她在社区很受群众欢迎。那些大爷大妈见了她爱得不行，那个热情劲让别人看得都眼热。

　　这个小姑娘，工作上很有创意，搞起了彩色周末、百姓大舞台。组织着大家唱唱跳跳，然后就把各项政策法规，学习精神都宣传了。她把单位的同事请来，给居民演出。在家门口看到专业演出，这个小区的居民幸福感很强，对她的工作那是一个支持。

　　几年前，就听说小姑娘准备结婚。可到现在，她还没结婚。听说是因为见面太少，吹了。但从她的脸上看不出来。

　　小姑娘在工作队已经是第四个年头了，依然开着社区的小青蛙车，每天乐乐呵呵地忙来忙去。

　　去年中秋节，我去她们工作队的社区表演节目。再次见到她，黑黑的皮肤，眼睛还是如闪烁的星星。她手里牵着两个居民家的小孩子，正给他们分水果吃。我问她还好吧，她说挺好的。我说你的专业没有荒废吧，她说没时间练了，不过现在这样也挺好的，生活充实，心里踏实。

　　几个在工作队期间认识的朋友，我们见面并不多，但一直都互相关注微信。一天，孙姐发了一段跳芭蕾的视频，我给孙姐点赞。我俩在微信上聊了几句，说想起小姑娘，很是惦念。我就想着过几天去看看她，给她带几根她喜欢的棒棒糖。

　　聚是一团火，散是满天星。工作队里认下的朋友，那都是同甘共苦的朋友。

　　这个姑娘有着可爱乐观的性格，想必命运会厚待她。古龙说，爱笑的姑娘运气都不会太差。想到她的笑脸，我的嘴角也会不自觉地上扬起来。

　　人生没有最好，只有更好，人生也没有苦难，只有成长的经历。时间顺流而下，人生当逆流而上，笑脸就是飞扬的帆。

亲人

亲人并不一定是家人。

亲人可以是至亲至爱的人,不曾想起却永远不能忘记的人。也可能是只懂付出不求回报的人,受伤害也绝不离开的人,风里雨里永生不弃的人,能舍弃自己利益而成就对方的人。家人可以称为亲人,但亲人却不一定是家人。

公交车上,蹦蹦跳跳上来一个三四岁的小男孩,我站起来给他让座。后面紧跟的奶奶人未到感谢声先到了。

抬头一看,是兰姐。自从回到单位后,已经有两年没见过她了。带着孙子,她看起来没有以前那么年轻美丽,有了奶奶的慈祥。兰姐问我:"你开会去呀?"我说不是,我是上班去。我告诉她,我已经不在工作队了,回到单位了。她说:"我说好久没见到你,原来是回去了。回去了就没那么辛苦了。"到站了,兰姐带着小孙子下车了。看着祖孙两个一前一后地跑进旁边的小商店。我就回想起两年前初次见到兰姐的情景。

我抱着底册慢慢走在小区里,一边欣赏着小区居民在楼前种的花草、蔬菜,一边跟居民打着招呼。院子里的石桌子上老人们围在一起打扑克。高龄老人王叔坐在一位中年女人的后面,看她打牌。一局打完,女人说着老爷子回家了,就扶着老人走了。我以前没见过这个女人,就跟了过去,这个中年女人就是兰姐。还没进家门,就听到她家狗叫起来。原来就在捡垃圾的唐哥家对面。我常到唐哥家来,经常听到对面的狗叫。我是个怕狗的人,所以就总不进他家,就在他家院子外面跟王叔打个招呼。我以为她是王叔的女儿。一开门,3条狗扑了上来,最活泼的是一条棕色的泰迪。3条狗三个颜色:一黑一白一棕。他家院子里大大小小有10多条狗。其实每次入户,我都挺怵他家的。他家户主李哥,倒是挺好讲话的,每次都客客气气地打招呼。

他家是租住户。租着一楼,带着个小院。夏天,王叔经常在院子里坐着,只要我路过,就跟我打个招呼。

院子里放了一张床,王叔有时在那睡午觉。王叔坐在简易的小床上,兰姐一边收拾院子一边跟他聊着。院子里,几盆三角梅开得正艳。

兰姐收留了十几条流浪狗、几只流浪猫。除了喜欢动物,兰姐花还养得好。

李哥是回族,王叔却是汉族。抄底册时,我一直以为是写错了。但每次入户,又不好意思问。熟悉后,兰姐告诉了我这件事情的原委。

他们一家人,真的是没有血缘关系。但20年的时间,他们成了相亲相爱的一家人。

王叔是早年从内地来疆的,在外县的一个运输公司开大车。他原本有家,后来因为爱喝酒,慢慢地就成了酗酒。他喝了酒就打骂妻子,妻子受不了,就与他离婚了,孩子们也不愿意认他。退休后,独自守着由几间平房组成的一个院子,家里冷冷清清的。

机缘巧合,李哥和兰姐租住了他的房子。那年,夫妇俩在乌鲁木齐市做生意,赔了20多万元。背负债务的兰姐一家来到县城找工作。为了方便孩子上学,租住了王叔的房子。"第一次见他时,他又黑又瘦,醉醺醺的样子。"兰姐说。

看见王叔整日喝酒,醉了就睡,醒了又喝,没人照顾,兰姐心里不是滋味。她和李哥觉得王叔太可怜了。只要家里做饭,就给王叔端一碗过去。

"我想着就算他要喝酒,吃了饭喝,也比空着肚子喝强。"兰姐说。这善良的一家人就开始每天端饭给王叔。这一端就是20年。

有一次,王叔因为醉酒摔倒在院子的葡萄沟里,被晚上起夜的李哥发现了,赶紧送往医院。王叔怕自己年纪大做手术有风险,就选择保守治疗,结果导致下肢瘫痪。看着王叔瘫痪在床,兰姐和李哥担负起了照顾他的责任,喂饭喂水、端屎端尿、洗澡擦身……经过两年的精心照料,王叔渐渐能站起来拄着拐杖走路了,精神也好了许多。

后来,兰姐的儿子成了家,女儿要到昌吉市去工作,一家人决定举家搬到昌吉市居住。"王叔年纪大了,还爱喝酒,腿脚也不灵便,一个人生活肯定不行啊!"兰姐放心不下王叔,经过全家商议决定,兰姐和女儿先到昌吉,李哥留在县城照顾王叔。这样的日子一过又是两年。风平浪静的生活过了一阵子后,李哥听到了一些流言蜚语,说他们一家照顾王叔是看上了他的房子。一生气,李哥独自回了昌吉。

看到丈夫一个人回来,兰姐好几个晚上睡不着,心里一直记挂着老人,她多次劝说丈夫把王叔接来。

一开春,在妻子的一再坚持下,李哥再次来到县城,走进熟悉的院落,却没有看到王叔,只见院里的土房子塌了几处,住的屋子里漆黑一片,雨水从屋顶漏下来,滴在一片塑料布上,王叔裹着被子蜷缩在塑料布下。

"当时看到眼前的情景,我心里一酸,房子里没水没电,老人浑身脏脏的……"李哥回忆说。

李哥将院门一锁,带着王叔回到了昌吉。他先带老人去洗澡,然后给老人买了一身新衣服换上。

从此,这一家人在一起生活了。

在李哥的眼里,媳妇是天下最善良的女人。他家院子里、房子里跑着10多条小狗,其中一大部分都是兰姐收留的流浪狗。夫妻俩已经赋闲在家,除了悉心照料王叔,就是养花养狗。一家人过着幸福平静的生活。为了帮王叔戒酒,李哥从不在家里放酒,除了逢年过节让王叔喝上几杯外,平时也让他喝一点儿解馋。王叔对我说:"丫头和干儿子对我好着呢,做饭的时候想着我没牙,就把肉和面条煮得烂烂的,买了好吃的东西都先给我端来,给我洗衣服,还给我买衣服。"

他最高兴的事就是逢年过节一家人团圆。一家人围坐一桌吃饭,谈天说地,心里感觉热乎乎的。

我说好人有好报,你们家今后一定有福的。兰姐对我说:"家有一老,如有一宝。只要老人平安健康、家庭和睦,就是我们最大的幸福。"

在兰姐的笑容里，我看到了善良的样子。在社区，看多了许多家人为了钱和房子或赡养老人争争吵吵的事，我就觉得兰姐不容易。

善良是天生的。有人生而就是天使。这个故事讲的是人本善良。

爱情的样子

　　"哗哗哗"不紧不慢的扫地声在凌晨5点的大街上响起,昏黄的路灯下穿着橘黄色环卫马甲,戴着白色遮阳帽的梅姨,看起来有点臃肿。虽是七月的天气,但夜晚的风还是凉,她在马甲里穿着衬衣和罩衣。夜色沉沉的城市里,她的身影有点孤独。她从一盏路灯扫到另一盏路灯,然后就会停下来,休息一下,喘口气,继续朝下一盏路灯扫去。扫到这条街道的中间时,东叔也会正好扫到这里,跟她会合。镜头就从碰到一起的两只大扫把上拉了出来。拉到东叔和梅姨相视一笑的脸上。定格,结束。

　　这是20年前的一个场景。这也是我第一次获得的省级新闻奖的一个电视片。

　　为拍片子,我们晚上12点就到台里准

备设备,半夜2点钟出发。台里专门给我们派了辆车。车子在无人的街道上行驶。我和摄像坐在车上拿着摄像机,背着灯光设备等一众笨重的设备。司机把车窗都打开,凉爽的风吹走了白天的酷热。3点钟我们来到梅姨家,从他们早上起来开始拍。平常他们是4点钟起来的,因为要配合我们的拍摄,今天3点就把他们叫起来了。4点钟,东叔骑着自行车驮着梅姨出发了,两把大扫把被绑在自行车两边。我们开车一直在他们后面跟拍。这个片子是纪实性的,我设计的是全部采用同期声,我不出画面,不出声音,只用字幕转换场景。从家到工作地点有两公里的距离。15分钟后,我们已经来到了大街上。东叔放下梅姨后,就骑自行车往街那头去,他从那里开始扫。

那一年,我把镜头更多地关注在普通劳动者的身上。梅姨是我要拍的一个清洁工。我提前到她家去踩点,做前期采访。梅姨和东叔住在一个工厂老旧家属院的破旧的二楼。说是楼房,其实没有暖气,要自家生煤取暖,做饭也是用这个砖砌起来的炉子。看起来他们生活得有点艰辛,家里都是旧家具,沙发布已经看不出颜色,方桌的一条腿断了,用木条接起来了。炉子上坐着水壶,还有个小锅在炉子上热,家里有种经常不开窗子各种气味混合的味道。

梅姨那年63岁,是一名环卫工。每月领着600元的工资,她的任务就是每天保持那条长5公里的街道卫生。早上4点她就要开始扫街。环卫局的同志给我说,梅姨工作特别认真,这条街道人流量大,保持清洁不容易。但梅姨一天扫好几次,还拿着个小扫把,随时随地扫垃圾,拿着个抹布,把垃圾箱都擦得干干净净。

东叔那年已经70多岁了,是个退休工人,领着不多的退休工资。他们现在住的房子是东叔的。这两口子是半路夫妻。10年前,梅姨从外地到这里来,认识了东叔,东叔那时儿女都结婚另过了,丧偶多年的他就和梅姨一起过起了日子。梅姨不识字,东叔也没多少文化。东叔工资也不高,梅姨就找了这份工作。

梅姨给我讲,为了避开人流量大的时候清扫,她每天早上5点钟就要来扫。大约到天色渐亮时,她就可以扫完了。然后再回去吃早饭。那个炉子上的小锅,就是东叔为她热的粥呀汤呀的。

冬天天黑路难走,下雪后,又是冰又是雪的,可难扫了。东叔心疼她,每天她去上班,就早早把饭给她做好,热在炉子上,一定要等她回来一起吃。后来,换了工作地点,离家太远了,东叔就开始每天送她,心疼她太累,东叔就买了把扫把帮她扫。东叔说,两个人扫要快点,这样还可以带她一起回家。回去了两人一起做早饭。晚上六七点,梅姨还要扫一次,冬天天黑得早。东叔又开始每天接她。拍摄结束后,两人回到家里,又说又笑开始下面条。

那时我的年纪小,不懂得这就是爱情的样子。年轻时以为爱情就是山盟海誓,轰轰烈烈。没有想到,东叔给梅姨热在炉子上的那口小锅才是爱的样子。

无独有偶。10年前,一个来自内地的姑娘通过媒体寻母,结果记者找到她的母亲在做环卫工人。在租住房子里,她的母亲和同为环卫工的一个男人生活在一起,两人生活幸福美满。工作之余,男的喜欢画画,女的喜欢欣赏评论一番。女儿还是恳求母亲能回到老家,当她和弟弟的妈妈,她的理由是他们不能没有妈妈。当时我已经当了母亲,但我不赞成这个女儿的做法。这个20多岁的姑娘没有见过爱情的样子,所以她不懂得爱情。有情饮水饱,在这一对夫妻简陋的租住屋里是温暖和尊重,欣赏和爱怜,而不是一味对一个女人的要求。对女人的尊重和爱怜是爱情成长的土壤,人过中年的女人与比她年轻的爱人对视的笑容里就是爱情的样子。无关年龄无关身份无关财富,有的只是两人间的一点点爱怜而已。

一对从内地来谋生的小夫妻开了间豆腐坊,夫妻俩每天早早起来做豆腐。那期节目的开始就是炉火映在男人的脸上豆大的汗珠。闷热的屋子里蒸汽弥漫,摄像机的镜头都模糊了。坐在炉前添柴的女人在火光中，脸上有斑斑驳驳的光影跳动着，背上的孩子还睡着。辛劳的一家人目前刚刚安顿下来。这是一对年轻的夫妻，不过20出头的样子。找到这家人，是因为一个同事经常买他家的豆腐，说是很好吃。城乡接合部的租住屋，既是生产车间，还是一家人生活的地方。凌晨5点，天还黑着，夫妻两个一起做豆腐。妻子烧火，丈夫往锅里倒豆浆。蒸汽腾腾中，是一家人的艰辛，也是一家人的奋斗，更是一家人的温暖。两人滴落的汗珠比泪水的含金量多多了。拍这个片子，最后的主题落在一家人在城市奋斗的身影，追求美好生活的小夫妻。做完片子，我更多的感触是爱情的美好，在生存的底层，依然有着爱情的样子。爱情让人无惧艰辛，充满勇气。

小区门口有两家修鞋的，一家的媳妇身体不好，养了一只白色的小狗整日抱着坐在门口。男人一天到晚不停地忙来忙去，女人就整日闲坐着从不见她干点啥。男的修鞋的时候，会不时地抬头看看门口的女人。

我问过他，他告诉我，只要看见女人在那坐着，就安心，看不到女人心慌。看到男人满头花白的头发和佝偻的身体，可以想见他们走过了许多艰辛的日子。每次路过修鞋店，看到女人肥胖变形的身材和神情木讷呆呆地坐在门口,而在店里的男人会不时出来给她递杯水。我居然有暗暗的羡慕,真是个好命的女人。好看的皮囊与有趣的灵魂,她一样也不具备,但她却拥有一个男人全心全意的爱怜。上辈子拯救了银河系吧。爱情无关智力、外貌,一个人对一个人的爱有时候真的是毫无理由的。这可能就是人们说的缘分吧。爱情的样子可以是递过来的一杯水,看过来的爱怜的眼神。岁月静好,可能是花前月下,也可能就是修鞋摊子上的默默地劳作。你不说话,我不说话,只要你在那里,我就岁月静好。

在广义相对论中,时间不再是不可逆的,时间唯一的标尺就是温度的传递,只要有了温度的传递,就再也抹不去了,回不去了。在薄情的世界里深情地活着。薄情也罢,深情也罢,那都是个人的感受,但爱是温度肯定是可以传递的。念念不忘,必有回响可能就是这道理。

越长大越不相信爱情。经历越多,心越冷。当了20多年记者之后,应该惯看秋月春风了,但我遇到事情还依然热血,人过中年,我居然还会相信爱情。这可能是我的弱点,也是因我的经历所致,我看过了许多爱情的样子,我愿意相信这些温暖的事情。世界没想象的那么好,但也没有想象的那样糟,冬日里会有暖阳,夏日时会有凉风,总有一些温暖会让世界美好。

　　天道为善，地道为勤，人道为爱。风会不会停，天会不会晴，其实无关天气，只是一个眼神，一个承诺的兑现罢了。爱情的样子不是撕心裂肺，也不是脱胎换骨，而是患难与共，相濡以沫，是爱与怜。

　　人都曾经过少年与青春，人人大抵都是如此：年少时向往爱情，青年时挥霍爱情，中年时怀疑爱情，到了老年，就与爱情无关了。如今想来也不全是如此，其实人之一生中爱情一直都在，也与年龄无关，只是爱情的样子更加朴实了，躲藏在一粥一饭间，躲藏在生活的点滴中，不易被察觉。

　　因为有爱情，世上无沧桑，因为相信，人们依然寻找爱情。爱情的样子虽然千万种，但善与爱不会变。

深情浅说

一首歌在公交车厢里循环着。空荡荡的公交车上只有我一个乘客。不用看，我也知道，肯定是那个一头长卷发漂亮的中年女司机。

这是一条新开的线路，只要错过高峰期，乘客很少，尤其是早班车或末班车，尤其是像我这样要坐到终点的乘客就更少了。我知道，这首歌会循环20多分钟，直到我下车，歌曲还会唱着。

这样的情景，在公交车上我碰到过好多次，每次都是这首歌，每次都是这个漂亮的女司机。有两次，我还听到她大声和着一起唱。这首总是循环被播放的歌曲叫《可可托海的牧羊人》。

当然，我在公交车上听《可可托海的牧

羊人》的时候,它还没有走上春晚,也没有红遍大江南北。

我在公交车上被迫学会了这首歌。当时我正醉心于学唱周深的《大鱼》。这两首歌的曲风对比很明显。

"我松开时间的绳索。"当时我经常沉浸在这句词的意境里,"你会不会突然的出现,在街角的咖啡店。"就像多年前我经常会沉浸在《好久不见》这句歌词里一样。冬夜的小城灯光璀璨,昏黄的公交车厢只有漂亮的女司机和回荡的歌声。歌声让清冷的空气更加寒冷,雾气弥漫上我厚厚的镜片,一片模糊。

"我愿意陪你,翻过雪山穿越戈壁。可你不辞而别,还断绝了所有的消息。"一首歌,女司机只唱着这句。音乐的魅力,就在于唱出了歌者的心声。代入感能让歌词直击内心的隐秘处,也许真的只有到了一定的年龄才能听懂一首歌。我知道,这首歌一定是唱出了女司机的心事。这段心事肯定与爱情有关。多情女子负心汉,又一个伤情的故事,又一个深情的人。

世上没有无缘无故的恨,但是一定有无缘无故的爱。一眼千年,于女人是非常容易发生的事,这一眼也许在女人的生命里就是转折点,总有些女人是为情而活着的。没有什么能击倒这些女人,对付她们的致命武器是心上人的一个眼神。

　　我的一个闺蜜,暗恋青梅竹马多年,绕来转去的几十年居然一直没有谈恋爱,人到中年还是孑然一身。她是个很精致的女人,就连倒个垃圾或买块豆腐都要穿得像参加晚宴,妆容精致到不用美颜。我是个邋遢的女人,看不惯这种做派,经常嘲笑她是"不作不死"。对于我的嘲讽,她一直笑而不语。只在一次喝多了我酿的杨梅酒后,她轻轻地说:"他可能随时会出现,万一遇见他,让他见到我难看的样子,不如死了算了。"其实从一个小姑娘到今年快成为老太婆了,她从来也没有遇到过在她脑子里演习过了多遍的情景。这么久的坚持,只是为了想遇到一个人。可是这个人已经从她的生命中消失了20多年了。20年,一个婴儿都已经长成了大人,可她停留在了时光里。当年,她回到小城市安静地生活,在柴米油盐中日渐老去,精致的妆容也敌不过岁月的风霜。我曾经多次看到她在我们以前上学的路上徘徊。我知道她是想能偶遇那个人,然后说一句"好久不见"。

　　我不能嘲笑一个青春逝去的女人的心事,我敬佩一个深情的人,而且还多年深情如许。小时候,我那么相信世界会善待我们,相信第一个倾心喜欢的人就一定会在一起。然而我没做到,她也没做到,喜欢是一回事,在一起又是另一回事。但我没有想到,她居然坚持喜欢了20多年。

将喜欢变成了坚持,坚持这个词的背面应该是滴着血的心吧。我一直都相信爱情,但我也看到爱情的残酷。

没有谁有权利对别人的生活指指点点。不是所有的坚持都有结果,但坚持是一种态度,虽然有些人一旦错过就不在,但这不妨碍一些人的一往情深,就像生活总是对爱情袖手旁观但生活总要继续。理智与情感从来就是两个极端,就像绝望与希望。我只能默默地看着她。她曾有过希望,这就足够了。就像对我来说,活着,这就够了。走过岁月,我很清楚地理解,活着才是最重要的一件事情。

爱没有累不累,只有值不值,深情的人让爱情变得可信,让生活变得美丽。可能每个人年轻时都相信一定会在对的时间遇到一个对的人。夜深人静时,总想找到那颗最亮的星。有时会想一个人,像想一朵花,不管它是盛开还是凋零;想一个地方、想念一座城,不管它的大小与繁华,只要有一个人在那城中居住。

写下一段话,放在朋友圈其实只是想让一个人看到;与所有人拥抱,其实只是想与一个人相拥;搬了很多次家,却舍不得丢掉一片干枯的树叶,只是因为那是一个人送的;看到一段话就默默记下来,只是因为想与一个人分享;逼着自己不断努力,只是想让那个人看到更好的自己;看到好的风景,就会想如果身边站着他该多好,幻想与他一起看细水长流。更有一种深情,看起来却是绝情,就像那些转身离去的人儿,不说一声再见,从此相忘于江湖。没人去问这种绝情的理由,只要是有情人,又如何会绝情。绝望是因为曾经有过希望,也许是因为我爱你,所以再见。也许只有放手才是对你最好的成全。转身离去也许是另一种说不出口的深情。这么多阳光下发生的故事,经过时光的积淀后,都成了不能说的秘密。

有些人永远学不会将就,也学不会放弃。那一年的夏天没有等到的人,也许永远也不等到。在深情的人看来,总会有一个人带着岁月,呼啸而来,穿过整个青春。深情的字里行间,是那几个说不出口的心心念念的字,是沧桑的笑容,是期待的一个拥抱。在心里练习了千万遍的话语:"久等了我的爱人。"但说出口的却是淡淡一句:"你好"或者"好久不见"。

深情终将会浅说,这背后又是怎样的千山万水与惊心动魄,浅情的人是不会明白的。

情不知从何而起,一往而情深。我爱你,但谁也不知道,包括你。我会久久地想着你,但永远不会说出口。

深情到人世间除了你,一切都是背景。无情不似多情苦,多情不若深情难。

桃李春风一杯酒

客官自何处来又欲往何处去？我又是自何处来，又能往何处去。作为一个开店的，我每次都想问这句话，但问出口的只是："客官住店吗？"

故事如何开始又如何结束，都不重要。只要此时城墙上笼罩在一片金黄的夕阳里，对我而言生活就是正常的，心就是平静的。

秀才说，这里是北庭故城，是唐朝北庭大都护府所在地，唐朝时，这里是塞外最繁华的地方。秀才说唐朝的大官岑参曾在这里走过，他走过城里最热闹的街道，就是我家客栈前面的这条路，到东门口等回京的官员给家里捎个口信。这个背有些佝偻的男人写下"千树万树梨花开"的名句。秀才最喜欢摇头晃脑地吟诵这首诗，说实话，我从

299

来都没有听懂。这时正是秋天,冬天还没有来,客栈的老板娘金镶玉依然风情万种。蓝色的酒幌在晚风中飘摇,镀上了金边。一阵驼铃响过之后,骂骂咧咧的驼工们卸下了货物,领头的跟老板娘打情骂俏着往后院走去。

一声马嘶,君子下马走进客栈。我正趴在柜台上看门外的夕阳,那瘦长的身影遮住金灿灿的光线,我抬起头,看了他一眼。

客栈人来人往,有来就有往。第二天清晨,我早早起来,守在大堂。终于,那朗俊的身影出来了。"客官欲何往?"我怯怯地问。没有回答,甚至连眼风都没有扫向我。

春天来了,那片桃花儿开得晚。这个春天,李子花竟同时开了,白色配粉,煞是好看。老板娘说那是烂桃花,她腿跷在长凳上,一杯一杯地给自己灌酒,骂那些骚桃花、烂桃花,然后又骂我是个小骚蹄子,说哪天要把我卖给驼队的头。我不理她,也不怕她。虽然不知道她是我什么人,但我知道她舍不得我。我不知道自己是怎么到这里的,也不知道自己是谁。我的记忆里,就是我跟老板娘在这里相依为命。她每天都在骂我,但却从来舍不得打我。这个艳丽风骚的女人,会在夕阳里长久地看着天尽头发呆,那一刻,她是恬静的,在我看来还有点无助。能沦落到这个地方来,在黄沙与戈壁中讨生活的女人,没有故事是不可能的。老板娘的故事我不知道,这里的人也不知道,也没有人过问,就像我从来没有问过我的身世。这里的人谁也不问谁的过去,只以现在的身份称呼对方,比如老板娘可能也不姓金。但客栈的老板娘都叫金镶玉。

李子花开得正艳的时候,我摘了一枝插在头上。我也不知那天为啥要插花,可能是因为心情分外好。那一天的心情都是欢愉的。我觉得太阳是那样暖,黄沙是那样软,连迟开的桃花都分外艳丽。老板娘骂我戴白花是咒她,一把扯下我头上的花,顺便也扯下了我的几根头发,我也没有掉眼泪,而是对着她傻笑。她把一根梭梭柴扔在我身上,骂:"小骚蹄子,你就小心吧,让人拐了去才好。"夕阳西下的时候,老板娘又坐在城头发呆去了,我从后院抱了一些干草想给客床的炕上再加铺些。此时,客栈外,君子再次来到客栈。君子缓缓下了马,长身玉立的站在门外。我抱着一捆干草,对他痴痴地笑着。

君子要走了,此次我不再怯怯地问而是欢快地问:"客官欲何往?"其实后面还有一句没有说出口:"客官可否带上我?"君子已经走远,后一句话我终没有说出口。

自作多情是一种病。我经常听别人在背后嘲笑我,但我不觉得自己自作多情,因为没有人知道我时常在梦里看到君子在月的清辉中冲我微笑。

301

春日，桃花正艳。城外桃林的桃树下，君子与我一起漫步，一片片的桃花拂过我们的身体，落在地上铺成了桃花毡。君子轻轻拈起我头上的一瓣落花。君子说看我第一眼就觉得是故人。其实我也觉得，虽然我们从来没有见过，但在他走进客栈的那一刹那，我就明白，我在这里就是为了等他。一眼千年，这一生好像只是因为这一眼。

春日的桃花林，是我生命中最美的艳阳天。很多年过去了，那一片粉红色的雾里有一道光，那道温暖的光，照亮了我的天空。只是我不知道，生生世世我都没能走出这片桃林，就像老板娘走不出北庭城。

君子没有说他要去哪里，也没有说去多久。他看着我说："等我。"天色尚早，人迹尚稀，我觉得如同在梦境中般。我没有念过书，不知道庄生梦蝶的典故。但那两个字，入耳似梦，却入心铭记。

多少人都败给了一个"等"字。

在岁月的年轮里，褪去了小姑娘的天真与桃花般的粉艳，我已经是当年老板娘那般的年纪，此时我已经被叫作了金镶玉，成了客栈的老板娘。人都说，我比当年的老板娘还有风韵，只是可惜风情万种却是不解风情。

城里有座寺，寺里有一个睡佛，墙上还有壁画。人说那上面有供养人，就是捐钱捐物了的，可以画在壁画上。

我看了壁画上的供养人多是夫妇一起。我这样的画上去也只能是一人，没有意思。我也想和君子画在一起，这样生生世世都能在一起。但年辰太远了，我只记得桃林里君子满是笑意的眼，已经不记得他的样子了。孤零零拱手站着，太凄凉，索性就不要画上去。

城外有个小沙丘。沙丘下的桃花开了又谢，谢了又开。城里的人来了又走。黄沙漫天中，我已经鸡皮鹤发。城里的人越来越少，听说是又起了战火。城里的人开始逃难，客栈早就没有了客人，我也没有力气去打扫，客房里已经长出了芦苇，我也没有力气走到城外，去看看桃花开了没有。黄沙漫天过后，夕阳又一次挂在了城墙上。那个破烂的酒幌还在风中招摇，已经记不清换了多少个酒幌了，我不想换了，反正最后终是要破的。就像客栈总要有老板娘，老板娘总叫金镶玉。人们以前叫我老板娘，现在叫我金老婆子。没有人知道我名字，也没有知道我的来历。其实，我也不知道自己的名字，也不知道自己从何而来，将往何而去。这个客栈就是我的所有，渐渐地我连老板娘的样子都要忘记了。人们都走了，有人走之前，偷偷往地下埋东西，可能是想着还要再回来。听说寺里的僧人们也开始把经书佛像藏起来。城东专门烧佛像的窑，说是早就没有烟火，匠人们四散逃难。

城里已经空了，只有酒幌子在城头风中摇摆着。我用尽最后的力气走上了城头看看城外。桃林已经被大丛的芦苇淹没，夕阳下金黄金黄的也是好看。我抬头看着博格达峰上千年不化的暮雪，依旧回想一遍君子含笑的眼睛和轻轻的话语："等我。"哨子风吹起来了，黄沙就要来了。我眼前弥漫起了桃林那片粉色的雾。

有人说，等待是最漫长的修行，也是修行的最高境界。

已经等过了今生，来世我还要继续等吧，生生世世，就这样等吧，君子说要我等他。我离开了，君子再来找不到我，我岂不爽约。江湖儿女，最重情意，最重信义。

戈壁的夕阳分外好看，万物都像是镀了金子，桃花儿没开，李花儿也没开，只有不知名的小黄花在黄昏的风中招摇。

永远不要想着来日方长，也许一瞬就是一世，回首间有的人你已经见了最后一面，我们拥有的不过是当下和眼前的人。客官欲何往？我又欲何往，也许永远没有人回答，也没有答案，但我就是想知道，也仅仅是想知道。一些人一转身，就不见了，好多好多年以前，君子就一转身，我连声再见也没有顾上说。自此以后，山高水长，岁月一再蹉跎，对我而言，只有君子在桃花林中远去的背景是清晰的，其他都记不清。对一个老太婆而言错过的太多了，一旦错过就不再的遗憾却并不太多,这可能就是我的宿命吧。

明月从天山上升了又落,落了又升。胡琴、琵琶、羌笛轮番弹响。这片地方,建了又毁,毁了又建。终究是人来人往,千年沧桑。时光依旧,风月依旧。

风中,树叶儿沙沙响。

桃李春风一杯酒,江湖夜雨十年灯。如果时光能回到从前,你可以到客栈来找我,就是城里最繁华的街上那个挂着蓝布幌的客栈,告诉我你的故事。我会请你喝一杯酒,告诉你:余生很短,别让遗憾太长。

"客官欲何往?"我其实还想说,"客官可否带上我。"

写在文章后面的话:

土黄色的北庭故城外围,已经用铁栅栏围起来了,这里成了旅游景点,作为文物保护起来的大土堆,已经盖起了二层的防护棚,游人们可以上到二楼远距离看。

这个大土堆就是北庭高昌回鹘佛寺遗址,大土堆向东800米处的破城子就是北庭故城遗址。乾隆三十五年十二月,纪晓岚从迪化到吉木萨尔考察,其目的是勘探新兵营的地址,正在他们举棋不定时,一个宏大的废城赫然出现在眼前,他发现:周长约20里的废城城墙,15处谯楼及敌楼，倒塌的佛寺，高出人头的铁钟，腰部以上就有七八尺高的佛像，一尺多宽的瓦……

这一切让纪晓岚极为震撼，他向当地百姓询问了废城的情况，并根据自己的观察，认为这就是唐代的北庭都护府所在地。

佛寺发掘出土了大量回鹘时期的壁画及回鹘文题记，有"亦都护（高昌国王）""长史""公主"之像。佛寺中的壁画具有很高的艺术价值和历史研究价值。在105号配殿里面，有一尊头北脚南、面西侧卧的裸足佛像，俗称"卧佛"，卧佛的躯干大部分已经损毁，只留下一节圆木骨。西侧墙壁上绘有一组以"八王争舍利"为主题的壁画，在画面最上方是"王者出行图"，这是在我们中学美术课本上出现的。

在佛寺一公里的地方，有个俗称破城子的地方，是曾经的丝路名城。这个破城子在漫长的历史长河中曾有近千年的辉煌。这里是唐代的北庭都护府。元，北庭改称别失八里，据历史学家推测，北庭故城大约在元末明初被毁。

从北庭故城遗址出土遗物看，多为唐代文物，著名的有莲花纹瓦当、莲花纹方砖和开元通宝、乾元重宝。据考古发掘证明了现有故城外城墙遗址、遗迹均为唐代建筑，可以确认外城城墙的修筑年代为唐代。2018年发现的遗迹有内城西门和北门门洞及排叉柱、外城北门门洞及平铺的莲花纹地砖、晚期酒坊等。

　　我担任报纸文史版面编辑，正好那两年北庭故城作为"丝绸之路：长安——天山廊道的路网"的一部分，申报世界文化遗产，作为当地唯一的报纸，我们责无旁贷地承担起了刊发各类文史类文章，为申报世界文化遗产提供资料与证据。两年的时间内，我与当地外宣办的同志合作，大量刊发相关文章，因此也对北庭历史文化有了深入的了解。

　　2014年6月22日在卡塔尔多哈进行的第38届世界遗产大会宣布，中哈吉三国联合申报的古丝绸之路的东段："丝绸之路：长安——天山廊道的路网"成功申报世界文化遗产，成为首例跨国合作、成功申遗的项目。北庭故城成为世界文化遗产，也在我们当地兴起文化遗产保护热潮、促进了当地旅游经济的发展。

　　我多次前往该处参观。对于这座故城，我不是专家，不能以专家的视角研究什么，但作为庭州的一个文化工作者，我为自己的家乡自豪。每每从北庭回来，总想写些什么。直到2018年，北庭考古发掘有了新的进展，在北庭城内发现了酒坊遗迹。这个故事逐渐从我的脑海里浮现出来，越来越清晰。

无情不落笔（跋）

友人托我改一部长篇小说，并说最好写一个序或写一篇书评。

这部长篇小说，花了我好几周的业余时间。我不知道作者是男是女，多大年龄什么经历。但通过文字，我的脑海中浮现出作者的样子。

聪明的孩子，都是上天的恩宠，相应的他们也都是孤独的。写作的人，孤独感要比其他人更强烈些，因为觉得无人可倾诉，所以将所有的情感诉诸笔端。写作的人也是敏感的，所以一些苦难或坎坷在他们那里会被放大强化。当了几十年编辑，打交道最多的当是这些文字的创作者，无论他们如何各具特点，共同点也是显而易见的。

生活对于文学写作者来说注定是坎坷的，比之于生活，他们的情感更为坎坷。无悲剧不文学。生活如山，有人岁月静好，就会有人负重前行。人生不易，总有人努力把琐碎的日子熬成诗和远方。东野圭吾的《单恋》中有这样写："某些东西，明明知道没有意义，但依然很在意——谁都会有这样的东西。"对写作者来说，文学就是他在意的东西，也是他与这个世界对话的方式。文学的本质就是对这个世界的反映，而生活则是文学创作的唯一源泉。

没有经历过，就不要对别人的生活指手画脚。我的幸运是能读到不同的人生，不同的生活。虽然身在一隅，文字却给了我广阔的天地。在别人的世界里，经历岁月的不同侧脸，很多的事情都是我不知道的事，我以虔诚的心对待每一篇面前的文字，每一个文字的背后都是一段故事，都是一颗敏感而深情的心。

更多人性的弱点、更多人性的恶之花通过文字暴露，写作者将生活中的细节放大，让人不禁多了几分思考：现实与尊严哪一个更重要呢？

心中有鲜花，眼中皆鲜花。心中有爱的人，看到的都是爱，而善良的人看到的也都是善良。文学作品大部分是对爱、对美、对善良的歌颂与追求。无论是有情的或是无情的，其实都是深情的。将美撕碎呈现出的悲剧，这一美学的观点中更多的是牺牲与善良的呈现。

写作的人,都是凭借着对文学的热爱支撑着的,这是一种精神追求的快感,多是用身体的痛苦换来的,写作者多为精神高地的苦行僧。

无情不落笔,落笔满篇爱。不管这世界阴晴圆缺,灿烂的笑容总是世间最美的风景。文学所展现给世人的真爱深爱,并以爱之名,让这世界温柔地对待世人。那些错过的人和事,终会以另一种方式补偿。我想这就是文学的魅力,也是文学本真的意义。

岁月深长,浮生清欢。我相信万物有灵,也相信人要善良,从事文字工作多年,因为坚持而日趋坚强。

心之所动,情之所动,笔落处,一笑生花。深情浅说,上面这些文字是我对生活表达出的感激之情。亲爱的读者,如果你看到了这里,谢谢你。如果你看懂了这些文字后面没有说出的情意,这些情意就是我要对你表达的感谢,喜欢这样用文字跟你在一起,喜欢一切美好都能如期而至。